光文社文庫

文庫書下ろし

ご近所トラブルシューター

上野　歩

光　文　社

目次

第一章　隣人ガチャ

1

「いささか齢《とし》は食っていますが、新人です。不手際も多いと思いますが、一生懸命努めます。何卒《なにとぞ》よろしくお願いいたします」

一絵亮《いちえりよう》は、三十度の敬礼をした。素早く頭を下げて、素早く戻す。人目には無骨に感じられるこんな動作にも前職の名残《なごり》があるな、と内心で思いながら。一般社会では、下げた頭をもっとゆっくり戻すはずだ。やはり自分がいたところは、一般とは違うということか。

一絵は一年前、四十七歳で警察官を辞めた。そして十月一日月曜日の今日、株式会社近《きん》隣《りん》トラブルシューターに再就職した。若くもない自分が初出社するのが春ではなく秋であるというのは、いかにも似つかわしい気がした。

オフィスにいる四十名の社員が、「よろしくお願いします」と、一絵に向けてお辞儀する。そして彼らは、やはり下げた頭をゆっくりと戻していた。

「一絵君は、所轄の生活安全課で経験を積んだ刑事だ。知っているだろうが、防犯保安活動を手掛けるのが生活安全課で、我々の仕事に近い。みんなも参考になる話が聞けるんじゃないかな」

そう言ったのは、一絵の隣に立つ社長の剣崎《けんざき》である。続いて彼は、こちらを向いている社員たちの中のひとりに声をかけた。

「望月《もちづき》君」

「はい」

返事をしたのは、二十代半ばくらいのショートヘアで目もとのきりっとした女性である。グレーのパンツスーツ姿で、装飾のない黒いローヒールパンプスを履いていた。すらりと背が高い。

「きみが、一絵君の教育係だ。行動を共にするように」

「〝教育係〟って……あたしがですか？」

と戸惑っている。

「ああ」と剣崎がしたり顔で頷《うなず》く。「だってそうだろう。アリさんと一緒に行かせたら、まるでデカの地取《じど》りだ。相手が恐れをなしてしまう」

　すると、身体《からだ》つきのがっちりした初老の男性が、苦笑しながら自分の禿頭《とくとう》をぴしゃりと叩《たた》いた。この人がアリさんなのだろう。そのアリさんと一絵の視線が一瞬絡む。アリさんの岩石のようないかつい顔が、さらに険しくなると、ぷいと視線を逸《そ》らした。

　一絵は怪訝《けげん》に思ったが、次の瞬間、剣崎の声が響く。

「では今日も一日ご安全に！」

「ご安全に！」

　と一同が返して散会した。

「望月明日香《あすか》です」

　近づいてきて彼女が名乗る。

「あたしも女にしては高いほうですけど、一絵さん、背が高いんですね。何センチ？」

「一八〇」

「刑事さんて、みんな大きいんですか？」

「そうとは限りません。小柄な警察官もいます。採用試験の受験資格は〝おおむね一六〇センチ以上であること〟となっています」

「そっかぁ、うちの社長も元警察の人だけど、ずんぐりしてるもんな」

どうやらあっけらかんとした性格らしい。明日香が人懐《ひとなつ》こい笑みを浮かべ、納得したように呟《つぶや》く。そして再び、きりっとした目を向けてきた。

「服装もイイ感じですよ。刑事さんて、野暮ったい格好してるイメージだけど」

一絵は濃紺のスーツに白いシャツ、紺のネクタイをしていた。

「清潔感は大切です。人に会う仕事なので。あたしたち相談員《そうだんいん》は、信頼を得るのが第一ですから」

清潔感か……。短めの髪は無造作に分けているだけだが、ひげは毎日剃《あた》っている。

「着るものには関心がなくて。妻が選んだのを着ているだけです」

「結婚してるんですよね。一絵さんくらいの年齢だと当たり前か。結婚指輪をしてるし」

当たり前とはいえないのが当節でもあるのだが……。

「フリーアドレス制なので」

と明日香に促され、空いている席に並んで座った。

古い雑居ビルの二階にある事務所だが、進歩的なんだなと思う。

「フリーアドレスのことですか？」

一絵の表情を見て、そう訊《き》いてくる。勘のいい女性だと感じた。

「相談員の席を固定しないのは、仕事柄外出していることが多いからです。間接部門は席が決まっていますので。奥の窓際のほうです」

そちらを見やると、窓外のヒマラヤ杉の巨樹が目に映った。雑居ビルは新宿御苑《しんじゆくぎよえん》の出入口である大木戸門《おおきどもん》のすぐ脇にあった。

「その手前の島がコールセンターで、電話によるトラブル相談を受けています」

ヘッドセットを着けた男女三人ずつのスタッフが、向かい合わせに座っている。早くも電話対応が始まっているようだ。

「会社のことは、もう社長から聞いてるかもしれませんが、一応ご説明を」

彼女がノートパソコンを開き、近隣トラブルシューターのＷｅｂサイトにアクセスした。会社概要の画面をスクロールしながら語り始める。

「近隣トラブルに介入し、解決を支援するのが当社です。近隣トラブルとは、ご近所の住民間で生じるさまざまなもめごとです。代表例としてはマンションの騒音や隣家の悪臭といった生活妨害ですね。名誉やプライバシーに対する侵害といった問題も含まれます。話し合いで解決できればそれでよいのですが、ご近所間の問題であるが故に厄介なんです。分かりますよね？」

「ご近所とはいっても法律的には第三者になるわけだから、ほかの法律関係と本来的には変わらないはず。ところがそうはいかない」

「そうそ」

「徹底的に対決することになったとしても、その場限りで終わる関係ならばあとくされがない。たとえば自動車事故や物品の売買などで被害者となれば、加害者に対して最大限の賠償を求めて交渉することになる。しかしご近所とトラブルになれば、勝つだけが目標にはならない。今後の付き合いを考えると、一方的に相手に非を認めさせる方法では、かえって生活しづらくなる」

明日香が、それに頷いて続ける。

「相手が力のある存在なら、村八分にされるのが怖いですよね。そうでなくても、町内のイベントで会うのが気まずいとか。遠くの親戚より近くの他人ということで、なにかあった時に頼りたいとか。相手の家族に、子どもの同級生がいていじめにあったら困るとか。ともかくご近所である以上、その後も同じ生活圏で顔を合わせ続けないとならないわけで――」

「それに、ご近所トラブルがすべて法律で解決できるわけではない。法律というのは、日本国内すべてで適用されるもの。加えて条例というのがあるが、これは各都道府県や市町村で決めるもの。法律でカバーできないところは、お互いの話し合いで解決するしかない」

「ご近所同士というのは、まず感情的になりやすいというのがありますよね」

「当事者双方が主張を譲らず、かえって深刻化するケースもある」

一絵の言葉に、明日香が再び頷いた。

「民事事件なら弁護士がいます。刑事事件なら警察がいます。あたしたち近隣トラブルシューターは事件未満にあえて介入し、解決を支援しているのです」

スクロールした画面に、六十代のグレーヘアの男が腕組したポートレートが現れた。剣崎の吹き出し文字が言う。〔我々は、トラブルを事件化させません！〕

2

ともかく現場を体験させてもらうことになった。明日香とともに社を出て、歩いて五分ほどのところにある東京メトロ丸《まる》ノ内《うち》線の新宿御苑前駅を目指す。

雑居ビルを出ると、観光バスが列をなしていた。環境省が所管する新宿御苑は、都内有数の庭園である。今朝も黄葉《こうよう》シーズンを待ちきれないツアー客が訪れているのだ。

広い新宿通りに出て、立ち並ぶカフェやコンビニの前を通り過ぎながら一絵は言ってみる。

「アリさんて方なんですが――」

さっき睨《にら》まれたような気がするのと口にするのもなんだし、語尾を濁すと、「有山《ありやま》さんですね」と彼女がすぐに反応した。

「有山さんというんですか」

スーツに黒いレザーリュックを背負った明日香が頷く。一絵は警察時代から使っているナイロン製の黒いビジネスバッグを提げていた。

「みんなアリさんと呼んでます。顔はコワいけど、優しいオジサンですよ。あ、そうだ、アリさんも元警察官です。定年退職して、うちに来たんです」

有山も元同業者か。さしずめマル暴か強行犯係といった面構《つらがま》えだったな。

「ほら、アリさんも大柄じゃないですか。だから、〝刑事さんて、みんな大きいんですか?〟って、訊いちゃったんです」

明日香が無邪気に笑う。

「社長とアリさん、それに一絵さんの三人が、うちでは元警察の方ってことになりますね」

地下鉄に三十分ほど乗って茗荷谷《みょうがだに》で降りる。新宿御苑前から乗り換えなしで行けるのだが、皇居の外側を半周して向かうので結構時間がかかるのだ。

依頼人は、小石川《こいしかわ》植物園近くにある古い一軒家にひとりで住んでいた。宅《たく》と同じくらい古いアパートを経営しています。

「わたくしは、主人が残してくれたアパートを経営しています。宅と同じくらい古いアパートです。その分、お家賃は勉強させてもらってるわけですけど」

そう語るのは、野際志乃《のぎわしの》という七十代の落ち着いて穏やかな佇《たたず》まいの女性だった。縁なしの眼鏡を掛けている。

ふたりは応接間に通され、志乃と向かい合っていた。彼女が言うとおり、確かに古い家かもしれないが、風情があった。座っているソファも含め、家具はいずれも趣味がいい。床には高価そうな絨毯《じゅうたん》が敷かれていた。

「先月うちのアパートに越してきた男性が、どうやら夜中に物音を立てているようなんです。〝うるさくて眠れない〟と、隣に住む男性から苦情が入りまして」

「なるほど」

と明日香が相槌《あいづち》を打つ。

「こういう時、主人がいれば注意しにいってくれるのでしょう。でも、わたくしがのこのこ出ていって、逆になにか言い返されたらと思うと怖くて腰が引けてしまって」

彼女がためらいながら述べた。

「ご心配なお気持ち、よく分かります。あたしたちが対処いたします」

ガラス戸の外は、そう広くはないが中庭があり、紫の星型の秋の花が咲いていた。庭に目をやった一絵に向けて志乃が言う。

「キキョウですのよ。主人が好きなお花」


志乃から聞いた、ほど近くにあるアパートにふたりで向かった。

「この仕事は、相談者だけでなく、相手側の話も聞くことが必要です。相談者の思い込みだったという場合もありますので」

「つまり、騒音は発生していなかったと？」

「既成概念を持たないようにするのが肝心なんです。警察の仕事と似ているんじゃないですか？」

「確かに」

「双方の言い分を聞かなければ、真実は見えてきません。ですから、あくまで騒音を発生させているという相手側は、加害者ではなく対象者です」

木造の賃貸アパート『のぎわ荘』は、大家の志乃が言うとおり〝宅と同じくらい古いアパート〟だった。ただし、古いながらも愛着を持って手を入れられていた志乃の家とは明らかに異なっている。

「野際さんは、アパート経営にあまり熱心ではないようですね」

と一絵は苦笑交じりに言った。

明日香も同調する。

「リノベしようって気持ちなんて、さらさら持ち合わせてないって感じ。お風呂とかも、バランス釜が湯舟の横に設置されてるやつで、浴槽も小さいんだろうな。で、キッチンも給湯器なしなはず。もちろん、防音対策なんていっさいされてないでしょうね」

「〝お家賃は勉強させてもらってる〟とおっしゃってましたね。駅にも近いし、山手線内《やまのて》側でどこに行くにも便利でしょう。需要はありますよね」

アパートは二階建てで、上下とも三世帯ずつが暮らす。志乃の話によると、二階の真ん中の部屋を除いて全室が独居だという。

まず、騒音の苦情を訴えてきた相談者の楡木《にれき》を訪ねることにする。一階にある向かって右側の部屋、103号室が彼の部屋だ。木製のドアの横に、ボタンに♪マークがついたチャイムがあった。明日香が押すと、中でピンポーンと電子音がする。しばらく様子を窺《うかが》うが、留守らしく応答はなかった。ドアの並びにある窓も、内側に明かりは灯《とも》っていない。しかし、正午近いこの時間である。のぎわ荘の六室とも、明かりのついている窓はなかった。

騒音を立てているという対象者の小山田《おやまだ》が住む、真ん中の102号室もドアチャイムを押した。だが、やはり返事はない。その隣、101号室はチャイム音のあとでドアが開き、六十代くらいの男性が顔を見せた。

「大家さんの依頼で、騒音調査に伺った株式会社近隣トラブルシューターの相談員です」

明日香が言うと、男性が慌てた表情になる。

「えっ、近隣トラブルって、俺はなにもしてないよ……」

「いいえ、お宅さまが騒音の発生源とは申していません。夜中に、お隣の102号室から物音がするようなことってありますか？」

「べつに、そんなのは聞こえないなあ」

男性は心当たりがないようだ。

明日香は何度か執拗《しつよう》に訊いてみるが、男性のこたえは同じだった。というよりも、かかわりたくないらしい。

今度は外階段を上がって、二階に行く。手前の201号室からチャイムを押すが、やはり無反応である。こちらはスーツ姿のふたり連れだ。もしかしたらドアスコープから来訪者を窺い、セールスかなにかだと警戒され居留守を使われているのかもしれない。

続いて騒音発生源の疑いがある102号室の上階、202号室のチャイムを押した。

「どちらさま？」

六十代後半くらいの女性がドアの隙間から顔を覗《のぞ》かせた。この部屋には、年配者の夫婦が住んでいると志乃から聞いてきている。

明日香が社名を名乗ってから、質問を開始した。

「夜中に階下から、物音がするようなことはないですか？　睡眠が途切れてしまうような騒音です」

「さあ」

と女性は首をかしげている。そのあとで、なにかを思い出したようだ。

「そういえば、壁を叩くような音が、下から何度か聞こえました」

「それは夜中に？」

「いいえ、昼間でした」

「何時頃ですか？」

「三時くらいかな」

「毎日、三時くらいになると壁を叩く音がするということですか？」

「毎日ではありません」

「この下の方、つまり102号室の方が壁を叩いているということでしょうか？」

「さあ、そこまでは……」

「昼間の壁を叩く音と、夜中の騒音は、つながりがあるんでしょうか？」

そう明日香が言って寄越す。

一絵は自分の考えるところを伝えることにした。

「壁を叩いているのが102号室の小山田さんだとしたら、103号室側の壁を叩いているることになりますね。101号室の男性は、102号室の騒音に心当たりがないと言っていましたから。たとえそれが夜中ではなく昼間であっても、隣から壁を叩かれたりした経験があれば、先ほど証言したはずです」

「なるほど。では、夜中の騒音も、壁を叩く音ということになるのでしょうか？」

「まだ分かりません。それに、壁を叩いているのが、小山田さんとは限りませんからね」

「じゃ一絵さんは、103号室の楡木さんが自分で壁を叩いておいて、夜中に隣から騒音がして眠れないって訴えていると？」

「あるいは、誰かが嘘をついているかもしれません」

「嘘って、101号室の男性ですか？　それとも、202号室の女性？」

「野際さんかもしれない」

「なぜ、大家さんが嘘を言う必要があるんですか？」

「分かりません」

一絵は、もう一度そう言うと笑みを返した。

「一絵さんは、やはりアプローチが違いますね」

「人を疑うのが身についてしまっているのかな」

今度の笑みは寂しいものになる。

ふたりして蕎麦《そば》屋のテーブルで向かい合っていた。あのあと、のぎわ荘の203号室も訪ねたが、ドアチャイムに反応はなかった。そこまでで正午を回っていた。午後に再び楡木、小山田両者を訪ねることにして、昼食をとろうと話がまとまったのだ。

明日香が店内を見回して、「雰囲気のいいお店ですね」と感想を述べる。醤油《しょうゆ》とみりんの入り混じったかえしの匂いに満ちた店内は、古いが隅々まで磨き立てられていた。

「こんなお店に入ると、一杯いきたくなっちゃいますよね」

明日香が笑う。

一絵は思わず、「お、イケる口なんだ」と言ってしまってから、「飲めるほうなんですか？」と慌てて言い直した。

「ずっと思ってたんですけど、敬語やめてもらえませんか」

「だって望月さんのほうが先輩ですよ」

「一絵さんは人生の先輩じゃないですか」

優しいことを言ってくれる、と感じた。若いが、思いやりのある女性なんだ、と。

「もっとも〝明日香ちゃん〟みたいな馴れ馴れしいのは、ヤですけど」

と、すぐに注意信号が点灯する。

「では、少しずつ」

と返しておいた。

トントンというリズミカルな音が耳に届く。奥のガラス張りの打ち場で、職人が蕎麦切りをしていた。

一絵の視線を追って打ち場を振り返った明日香が、再びこちらに向き直る。

「あんないい音も、騒音になるんでしょうか？」

「時と場合によっては」

ふたりの前にそれぞれ、ざる蕎麦が来た。

「いただきます」

互いに言って箸を割る。

一絵は、小皿の薬味のネギをざっと蕎麦猪口《ちょく》のつゆに投下する。やはり小皿に盛られたワサビを少しつゆに溶く。そして、細く切り立った海苔《のり》が散った蕎麦を箸で手繰《たぐ》る。ちょいとつゆに浸し、音立てて啜《すす》り込んだ。さわやかな蕎麦の香り、カツオだしの旨味が口いっぱいに広がる。ワサビがつんと鼻を突く。海苔とネギの歯触りが嬉《うれ》しい。もうひと箸、ふた箸と啜り込む。合間にワサビをつゆに溶く。

ふと見やると、明日香は竹のざるに盛られた蕎麦に直接ワサビをつけては、つゆに運んでいた。

通《つう》な食べ方をすると感心しながら改めて薬味の皿に視線を移すと、明日香はネギを使っていなかった。もしかしたら……と思い、訊いてみる。

「ネギが好きではないのかな？」

「ネギは大好きです。でも、お蕎麦では薬味を使いません。ネギの味だけになっちゃうので」

「一緒だ」

彼女が箸を止めた。

「え？」

「いや、妻と一緒だと思って」

「奥さまも、お蕎麦を食べる時は、薬味のネギを使わない派ですか？」

「望月さんと同じ理由でね」

「へー、偶然ですね」

明日香が嬉しそうに笑う。


食事を済ませると、のぎわ荘へと引き返した。

一時近くなっていて、明日香が再び１０３号室と１０２号室のドアチャイムを押すが、やはり無反応だった。留守なのか？　居留守なのか？

「どうしましょう？」

「外出しているのなら、帰ってくるかもしれない。居留守なら、いつか部屋を出てくるかもしれない。一方で平日だし、夜にならないと勤め先から帰ってこないとも考えられる。しかし、２０２号室の女性の証言によれば、〝三時くらい〟に壁を叩くような音を聞いているそうだ。ということは、午後のその時間帯に、ふたりのいずれかは在室している可能性がある。あと少し、張ってみるというのは？」

のぎわ荘の前の路上に、ふたりして立つ。車通りの少ない生活道路だ。

「近隣トラブルの当事者になった場合、やってはいけないのが直接相手に抗議することなんです」と明日香が言う。「感情が昂《たかぶ》るまま抗議や注意に向かえば、もめごとになります。注意された側も感情的になったら、修復不可能なまでにこじれてしまいます」

「抗議文をポストに入れるとか？」

と言ってみる。

「自宅のポストに不満をしたためた手紙。もらったらどうですか？　不気味に思われたり、無視されたりするだけですよね」

「丁寧な言葉で書いた内容で、記名があったとしても？」

「不信感や気味悪さを感じる人が多いです」

「なるほど」

経験値が違う、と一絵は納得してしまう。

「あ」

明日香が小さく声を上げた。

二時半になろうという時だ。のぎわ荘に向かって歩いてきた男性がいる。クリーム色のウィンドブレーカーにジーンズ、二十代前半くらいの小柄だが肩幅の広い男性だ。キャンバス生地のトートバッグを提げている。

「小山田さんですか？」

１０２号室のドアの鍵を開けている男性のもとに近寄ると、明日香が問いかけた。

「そうですけど」

不審げにふたりを見やる。

「株式会社近隣トラブルシューターの相談員です。大家さんからの依頼で参りました。夜中に１０２号室から騒音が発生しているという住民の方からの相談があったそうです。お心当たりはありますか？」

「ちょっと待ってください。僕が夜中に騒音を出してるっていうんですか？」

「小山田さんが騒音を発しているつもりでなくても、音楽を聴くボリュームが高かったり、電気機器のタイマーが鳴ったりということはありませんか？」

「夜中に音楽を聴いたり、タイマーをかけたりしません。僕は、朝が早い仕事なので、夜は十時には眠ります」

そこで一絵は質問してみる。

「失礼ですが、ご職業は？」

「パン職人です」

そう応えた彼の表情は誇らしげだった。

「とはいっても見習いなので、銀座《ぎんざ》のベーカリーで仕込みをしています」

「朝が早いとおっしゃいましたが」

「ええ。始業時間は六時ですが、三十分以上前に工房に立ちます。勉強のため、先輩が準備する様子をあれこれ見たいんです。邪魔にならないように話を聞いたり」

「茗荷谷からだと銀座までどれくらいで行きます？」

「始発に乗って、銀座までは十五分ほどです。駅チカだし、このアパートは立地がいいです。家賃も安いですし」

のぎわ荘は、こうした若者たちの巣立ちを援護する存在でもあるわけだ。

「とはいえ、朝起きるのはつらいでしょう。起床は何時？」

「毎朝のことで慣れました。それに好きでしている仕事ですから。四時過ぎには自然と目が覚めます」

そこで明日香が質問する。

「アラームは使わないんですか？」

防音対策されていないこうした木造アパートの場合、早朝のアラーム音は隣室にとっては騒音だ。志乃は「どうやら夜中に物音を立てているようなんです。〝うるさくて眠れない〟と、隣に住む男性から苦情が入りまして」そう言っていた。〝うるさくて眠れない〟という楡木の訴えから、騒音が夜中に発生していたと思い込んだのかもしれない。志乃は嘘を言っていなくても、勘違いしていた可能性はある。

「スマホを枕元に置いて、バイブ設定にしてます。ほら、アラームだと隣の人に迷惑でしょ」

彼はやはりシロなんじゃないか？　そう思わざるを得ない。しかし一絵は、もうひとつの質問をぶつけてみることにした。

「壁を叩いたりしていませんか、１０３号室側の壁を？」

すると突然、小山田の表情が不愉快そうにゆがむ。

「いいかげんにしてください！　壁を叩いてるのは向こうのほうですよ！」

激高して声を上げると、ドアを開け、中に入ってしまった。

明日香と顔を見合わせる。

「怒らせてしまったな。私の言い方が、尋問口調だったかもしれません」

一絵は、「すみませんでした」と謝った。

「また敬語」

と明日香が口を尖《とが》らせる。

それで小さく苦笑してしまった。

「あたし、一絵さんから学びたいと思っているんです。本気で」

一絵は真顔になり、こくりと頷いた。

「それに、あたしも小山田さんに同じ質問をするところでしたから」

こうなったら楡木の帰宅を待つしかない。再びのぎわ荘の前の道に所在なく立つ。

そして、陽が傾いてきた四時半。なんと１０３号室のドアが開き、中から二十代に見える痩《や》せた男性が姿を現した。

「いつの間に帰宅したんでしょう？」

「あるいは、やはり居留守を使っていたのかもしれない」

ふたりで男性のもとに歩み寄る。

「楡木さんですか？」

誰だろう？　というように、こちらに白い縁のメガネ越しに視線を向けてくる。肌が青白く、ひげの剃り跡が濃い。パーカの上にデニムジャケットを羽織っていた。ジャケットの襟からパーカのフードを出して、背中に垂らしている。

「お宅ら、なに？」

だるそうに、訊き返した。

明日香が社名を名乗り、「楡木さんが、大家さんに相談された騒音の件で伺いました」と説明する。

「あー、あれね」

と、楡木が背中のフードに後頭部を乗せるようにして夕刻近い空を仰ぐ。そして、がくりと首を戻すとこちらを見やった。

「なんとかしてよね、あの騒音」

一絵は彼を見返す。

「ご相談内容について確認したいと思い、先ほど何度かチャイムを押したのですが、お出になりませんでした」

「それ、いったい何時よ?」

「最初は十一時半過ぎくらい。それから十三時近くにもう一度」

「じゃあ気がつかないよ。俺、一度寝ちゃうと目が覚めないから」

思わず明日香と顔を見合わせていた。

今度は明日香が訊く。

「楡木さんの就寝時間は何時から何時くらいですか?」

「俺はね、午前十時に寝て、午後の三時半くらいに起きるの」

やはり騒音が夜中というのは、志乃の勘違いだったのだ。

「あのさ、これからバイトなんだけど、すぐそこにあるコンビニで。歩きながら話すんでいいかな」

「もちろんです！」

明日香がはきはき応えて、三人で歩きだす。楡木はかったるそうにスニーカーを引きずるようにして歩を進めた。

「騒音についてなんですが」と明日香が口を開く。「隣室から聞こえるのは、何時くらいですか？」

「たぶん三時くらいだよ。もうちょっと寝てたいなって頃に、隣からバシン！　バシン！って叩きつける音が聞こえてくんだよな。あれ、むかつくぜ。なんかさ、気に入らねえことがあって、八つ当たりしてんじゃねえの」

そこで一絵はわざと混ぜ返す。

「しかし楡木さんは先ほど、〝一度寝ちゃうと目が覚めないから〟と。ドアチャイムに気がつかないくらいですから、隣室の物音など気にならないのでは？」

楡木が、呆《あき》れたように一絵を見返す。

「あのさ、眠りに深い浅いってあるだろ？　ノンレム睡眠っていってさ、俺が最も深い睡眠状態の時に、お宅らはチャイムを押してるわけ。覚醒するには強い刺激が必要なわけだから、チャイムくらいじゃ俺を目覚めさせることはできない。だけど、こっちもバカじゃないんだからさ、ずっとノンレム睡眠が続くわけじゃない。眠りが浅くなったところで、あのバシン！　が始まるわけ。ほんともう腹立つよ」

「それで、思わず壁を叩いてしまったとか？」

　一絵の言葉に、急に楡木がひるむ。

「……そんなこともあったかなあ」

と空とぼけていた。そして、前方に現れたコンビニを見やった。

「あそこバイト先」

そう言うと、明日香と一絵を振り切るように歩を速めた。先ほどまでのいかにも面倒臭そうだった足取りが嘘のようだ。

「ともかく、あの騒音なんとかしてよ。まったく、隣に引っ越してきても、挨拶にも来ねえしさ。あー、隣人ガチャ外れた」

最後にそう言い残し、逃げるように店の中へと消えた。

「どうやら、壁を叩いたことはまずかったなという意識があるらしい」

楡木のバイト先の店舗を見つめ、一絵は言う。

明日香もコンビニに視線を送っていた。

「〝隣人ガチャ〟なんて、嫌な言葉」

そう呟くと、彼女が続ける。

「〝隣に引っ越してきても、挨拶にも来ねえ〟――彼、そう言ってましたよね。そもそもが、そこから始まっている気がするんです。誰とも分からない人間が隣にやってきて、突然自分の安眠を破るような音を立てる。それが繰り返されると、もしかしたらわざと音を立てているんじゃないかと疑う気持ちが湧いてくる。嫌がらせなんじゃないか、と。日頃から挨拶するなど、コミュニケーションを持っていれば、気持ちを静めることもできる。立ち話をする間柄であれば、物音の件も伝えられるかもしれない。けれど、それがないと、不満はどんどん溜まる一方。いつしか、不満は怒りに変わる」

「怒りが、隣に接する壁を叩かせた」

そう言う一絵に、明日香が顔を向けた。

「隣や上階からの騒音に腹を立てて壁を叩いたり、天井を棒で突いたりするのは女性が多いんです。男性はカッとしたら、直接乗り込んでいきます。そうなると、関係はこじれます。壁ドンも同じ。目に見えない相手からの脅威に、最初は不気味さを感じる。それはやがて怒りに。いつしか敵意に変わる。そして――」

「犯罪が起こる」

彼女が頷く。

「トラブルを事件化させないことが、あたしたちの仕事なんです」

一絵も頷き返した。

明日香が言う。

「ともかく、この事実を小山田さんに伝えましょう」

のぎわ荘に引き返すと、１０２号室の窓の向こうに明かりが灯っていた。チャイムを押すと、ドアが開き小山田が顔を覗かせる。グレーのトレーナーの上に紺のエプロンをつけていた。室内から、パンが焼ける香ばしいよい匂いが漂ってくる。

「あなたたちでしたか」

「先ほどは申し訳ございません」

一絵は深く頭を下げて詫《わ》びる。

「こちらこそ感情的になってしまい、すみません。それに今日ベーカリーで覚えたことを、すぐに実践してみたかったものですから」

パンが焼ける匂い、それは彼があしたを夢見る香りだった。

先ほど楡木から聞いた経緯を、明日香がやわらかく伝えた。小山田は黙って聞き入っていた。

「勤めから戻ると、修業のために毎日パンを焼きます。僕の部屋から聞こえる物音というのは、生地を作業台に叩きつける音です。パン生地をつくるうえでは、しっかりとしたグルテンを形成する必要があります。叩きつけることで、生地のグルテンの伸びがよくなるんです」

玄関の小さな土間から上がったところが台所で、彼の背後に作業台にしているらしいテーブルが見えた。テーブルの上にはこね板が載っていて、その脇に大きな皿がある。そこに焼き上がったばかりの、拳《こぶし》ほどの大きさのフランスパンが四つ並んでいた。

「伸びのあるグルテンができることで、イーストが発生させた炭酸ガスを保持してくれるんです。……これは余計なことでしたね」

彼がため息をつく。

「昼間にパンをこねるのであれば、お隣さんに迷惑にならないだろうと思ったんです。しかし、そうはいかなかったわけですね」

明日香が彼に伝える。

「あたしたちは101号室の方にも面会して、お話を伺いました。あたしが、〝夜中に、お隣の102号室から物音がするようなことってありますか?〟と質問したところ。〝べつに、そんなのは聞こえないなあ〟というお返事でした。これはつまり、102号室からは騒音のようなものは発生していないという意味に捉えてよいのではないでしょうか」

「引っ越してきた時に、101号室の方には挨拶ができたんです。昼間にパン生地をこねる際、音が出ることも知らせておきました。けれど103号室の方には、時間を変えて何度伺っても会うことができなくて。それで、諦めてしまった僕が悪かったんですね」

パンの香りが、質素な部屋をひどく優雅に見せていた。焼きたてのパンの香りは、希望、夢、幸福といった人生の明るい側面ばかりを連想させる。もちろん、こんがりとした焼き色にクロス模様の切れ目が入った丸いフランスパン自体もうまそうだ。

「ブールですね」

一絵は作業テーブルの上に並んだパンに視線を送りながら言う。

「切り込み《クープ》がよく開いて、おいしそうです」

小山田が、少し意外そうな顔でこちらを見返す。明日香も、ほんの一瞬こちらを見た。きっと元デカの口から出るには不似合いな言葉と感じたのだろう。ちなみに、本職の刑事はデカという言葉を使わない。ホシやガイシャという符丁《ふちょう》もない。

明日香が、今度は真っすぐに小山田を見た。

「あたしに考えがあるんです。聞いていただけますか？」

「これを俺にですか？」

白縁メガネの顔が茫然《ぼうぜん》としていた。楡木は今、コンビニの青い制服姿だ。

明日香とともにバイト先のコンビニを訪ねると、楡木は迷惑そうな顔をしつつも店長にことわって店の裏手にふたりを案内したのだった。そして、明日香が差し出した手提げ袋に困惑していた。

「お隣の小山田さんが焼いたパンです。〝ご笑味《しょうみ》いただければ幸いです〟そうお伝えくださいと。〝ご挨拶ができていなくて、申し訳ありません〟ともおっしゃってました。小山田さん、パンの職人さんなんです。修業中で、朝からの勤務を終えて帰宅すると、パンをこねているみたいです。〝音がお聞き苦しいようでしたら、外出されてからするようにします〟と謝っていらっしゃいました」

明日香が、「パンおいしそうですよ」と、改めて手提げを渡す。

楡木が、おずおずとそれを受け取った。

「俺……」彼がぼそりと口を開く。すると、あとはとつとつと語り続けた。「夜中にバイトが終わると朝までずっと漫画描いてるんです。そのあと、なかなか眠れなくて……。やっと寝られても、すぐに目が覚めちゃって。それで、あれこれ考えて……。お宅らのチャイムの音だって聞こえてた。だけど、俺んとこにやってくる人間なんて、ろくな話じゃないだろうって無視してたんです」

こちらを上目遣いで見ると、小さく頭を下げた。

「あのアパート、家賃が安いだけじゃなく出版社がある神保町《じんぼうちょう》にも音羽《おとわ》にも近いんです。だけど、描いても描いてもボツばかりで、自棄《やけ》になってたんです。隣の音で目が覚めたわけじゃない。気に入らないことがあって、八つ当たりしてたのは俺なんですよ」

ここにもあしたを夢見てもがいている若者がいた、と一絵は思う。

——はたして俺は、あしたを夢見ているだろうか？

「壁叩いたこと、小山田さんのところに謝りにいきます」

と言って、楡木は仕事に戻った。

「騒音はきっかけで、それ自体が問題じゃないんですよね。音の理由が分からないから、トラブルになるんです」

陽の落ちた道を歩きながら、明日香が言う。まず小山田のところに行って、楡木にパンを渡したことを伝え、それから志乃にこの件の報告をしなければならない。

「今って人間関係が希薄になってるじゃないですか。引っ越しの挨拶だって、たとえば女性のひとり暮らしなら行きにくいですよね。逆に、挨拶に来られたら、女性ひとりだとドアを開けないかもしれない」

「防犯上ね」

明日香がこくりと頷く。

「一方で、引っ越してきた隣人から挨拶がなければ、それだけでまともなやつじゃないというイメージを持つ人もいます。そして以後、よくないほうにどんどん想像して腹を立てるようになっていく。隣からのちょっとした物音に目くじらを立てる。でも、関係性を構築できていれば、トラブルにならないかもしれない。前におばあちゃんに聞いた話なんですけど、昭和の頃って、お醤油やお味噌《みそ》の貸し借りを隣り近所としてたって。そんな間柄だったら、近隣トラブルなんて起こらないですよね。もしも音が煩《うるさ》かったら、〝バカヤロー！　うるせー!!〟って、大声で怒鳴って。だけど翌日からは、けろっとして挨拶し合ってたんじゃないのかな」

明日香の〝バカヤロー！　うるせー!!〟がおかしくて、一絵はくすりとしてしまう。

「あ、なんかヘンでしたか？」

と言う彼女に向けて、首を振った。

「昼に蕎麦屋で、〝人を疑うのが身についてしまっている〟というようなことを私は言った。けれど望月さんは、人を信じることが根底にあると思う。だから、さっきのようなことができたのではないかな。小山田さんのパンを、楡木さんに届けるということが。私のほうこそ、勉強になった」

そこで明日香が、はっと思い出したように訊いてくる。

「一絵さん、さっきフランスパンを見て、〝ブールですね〟って。お好きなんですか？」

「フランス語で、〝丸〟〝ボール〟の意味だと、聞きかじったもので。妻が家でパンを焼くから。実は、新宿の料理教室で教えてて」

「わ、ステキ！　パンの先生なんですか？」

「パンもだけど、いろいろ」

「きっと毎日、おいしいお料理が食べられるんでしょうね」

「いやあ、教える料理が繰り返し出ることもあって。オムライスばかりが続いたり」

「あたし、オムライス大好きです！　毎日だっていいかな」

3

帰社した一絵は、座っている剣崎の前に立っていた。社長室などはなく、剣崎の席は奥の窓際に配置された総務や経理の席の横並びにあった。

事務所に戻ってきた一絵の姿を見た剣崎に、「ちょっといいかな」と呼ばれたのだった。初日勤務の感想を聞きたかったらしい。

一絵は先ほど明日香に言った、「人を信じることが根底にある」を剣崎にも伝える。「自分には勉強になりました」と。

「〝人を信じる〟か――」

そんな言葉が剣崎から返ってきた。

「確かにそれは必要だ。だがね、我々が扱う近隣トラブルに解決はない。あくまでも収束だ。相談者と対象者の間に、いつまたなにがあるとも限らない。依然として火種《ひだね》は残っているかもしれないしな。だからうちの相談員は、時々連絡を入れるんだ。〝その後いかがですか？〟と」

そういうものなのか、と思う。

「ところで、このあとメシでもどうだろう？　近くにうまい中華があるんだ。きみの歓迎会は後日やるとして、軽く一杯というのはどうだい？　俺とふたりでは堅苦しいというのなら、アリさんに声をかけてもいい。元警官三人で飲《や》ろうじゃないか」

すると、ふたりの会話を耳にしたらしい有山が、向こうから大声で言い放つ。

「俺は遠慮しときますよっ！」

彼は帰り支度をすると、さっさと事務所から出て行った。

「おい、なんだよアリさん……。おかしなやつだな」

戸惑い顔の剣崎に、一絵は言う。

「私も失礼します」

「なんだ。用でもあるのか？」

「ええ、ちょっと」


「せっかくのお誘いをお断りしちゃってよかったの？」

と陶子《とうこ》に言われる。少しくぐもったような、温かく包み込むような声で。

「よっぽどのことがない限り、晩メシは家で食べる。そう決めたんだ。警察にいた頃は、よっぽどのことがありすぎたから」

ひと風呂浴びて部屋着になり、妻と食卓を囲む。それが今の一番の幸せだった。

一絵は、練馬《ねりま》区大泉学園《おおいずみがくえん》のマンションに住んでいる。

「初出社のお祝いに、リョウちゃんの好きな鶏《とり》すきにしたよ」

鶏肉のすき焼き――鶏すきの鍋が、座卓《テーブル》の上でぐつぐついっている。一絵は、座椅子に腰を据えた。リビングは、フローリングの上にカーペットが敷き詰められている。

醬油とみりん、砂糖の甘じょっぱい匂いの中で、缶ビールのタブを引く。冷蔵庫で冷やしておいた小ぶりなグラスにビールをそそぐと、「ひと口飲むか？」と陶子に言う。

「リョウちゃんの〝ひと口飲むか？〟のビールが一番好き」

彼女がほんのり笑う。その笑顔を見て、今日も帰ってきたのだと思う。

陶子が、少しだけグラスに口をつけた。あまりたくさん飲めば、一絵がもうひと缶開けることになる。そうさせないための、ほんのひと口なのだ。高校の同級生だった陶子とは、ずいぶんと長い道のりを一緒に歩いてきた。そしていつの間にか、彼女が一絵のウエスト周りを心配する年齢になっている。

鍋に入れるのは鶏もも肉のほか、笹がきゴボウ、太めの突きこんにゃく、焼き豆腐、そして短く輪切りにした長ネギ。煮立った鍋の中で、縦に並べた長ネギの切り口から、ネギの内側が伸びたり縮んだりする。それはひどく心なごむ光景だった。

溶いた卵に熱々の鶏肉をひたし、口に運ぶ。はふはふしながら味わい、ビールで流し込む。鶏肉はもちろんだが、好きなのは焼き豆腐だ。気に入りの豆腐屋で買ってきた木綿豆腐に、陶子がバーナーで焼き目をつけている。焼き豆腐は、鍋の中の旨味をすべて吸っている。

焼酎《しょうちゅう》もいいけれど、今夜は白ワインを鶏すきに合わせている。陶子はすでに一杯目を飲んでいて、缶ビールを空けた一絵もワインにした。

鍋の〆《しめ》は蕎麦なのだが、〆というより途中からすき焼き鍋に少しずつ入れて食べる。鍋のだし汁にさっとくぐらせたり、煮込んだり、一味唐辛子を振ったりして味と歯触りの変化を楽しむのだ。ワインはスーパーで売っているチリ産の安いものだが、悪くなかった。きりっと冷えた辛口の白ワインは、口の中をさっぱりさせる。蕎麦を啜りワインを飲んでいたら、昼に明日香と入った蕎麦屋でのことを思い出した。「こんなお店に入ると、一杯いきたくなっちゃいますよね」と彼女が笑っていたことも。

それを陶子に伝えると、「お昼もお蕎麦だったの。じゃ、重なっちゃったね」と言う。

「蕎麦ならいくらだって大歓迎さ」

と一絵は返す。そして明日香が、「あたし、オムライス大好きです！　毎日だっていいかな」と言っていたのが浮かび、自然と笑みが湧く。

「彼女、蕎麦の薬味のネギを使わないんだよ。トーコと一緒だ」

「あら、その望月さんて舌が肥えてる」

陶子がけろりと言ってのける。そして、鍋のネギをとって口に放り込んだ。本来はネギ好きである。

一絵は、さらに今日の仕事の顚末《てんまつ》を話した。

「お隣に住んでいるのが、どんな人か分からない。そこから、起こったことなのね」

そして語り始めた。

「うちの教室にね、車椅子に乗った九十歳近い男性と、六十代の娘の親子が通ってきているの。男性は少し認知症状があるようで、調理をしたりはしない。娘が料理しているのを、ただ笑顔で眺めている。娘も〝お父さん楽しいね〟といちいち話しかけながら料理をしている。男性は耳が遠いらしくて娘の大きな声は、ほかの受講者にとっては不快かもしれない。なんでこんなところに老いた父親を連れてくるんだろう、と迷惑に感じている人もいるはず。ふたりを、ほかの人たちから切り離して別のテーブルにする手もある。でも、わたしは、みんなに交じって受講してもらうことにした。〝こちらの男性、今度九十歳になられるんですよ！〟と皆さんに紹介すると、〝へえ、それは立派だ。その齢で料理教室に来てるなんて！〟と感心する男性がいた。そうなると、もうみんな受け入れる姿勢ができてしまう。隅の席でぽつんと親子ふたりだけにさせれば、みんなはなんだろう？　と気にしながらも、見て見ぬ振りをしたはず。だけど、こうしてかかわり合うことで生まれるものもあるんじゃないかしら」

「望月さんが言っていたよ、〝関係性を構築できていれば、トラブルにならないかもしれない〟と」

陶子が再び、あのほんのりとした笑みを浮かべた。

「達也《たつや》とそう年齢が変わらないのに、望月さんはずいぶんしっかりした方のようね」

ひとり息子の達也は、今年春に家を出た。

「リョウちゃん、若い先輩からいろいろ学べるといいね。わたしも、望月さんに会ってみたいわ」

明日香は、「あたし、一絵さんから学びたいと思っているんです。本気で」そう言ってくれた。ならば、自分も彼女から本気で学ぼう。この齢でも、まだそれができるはずだ。

翌朝、出社すると明日香から声をかけられる。

「一絵さんがいらしたら、〝一緒に来るように〟と社長が」

それで、ふたりして剣崎の席の前に立つ。

「おはよう」

と彼がこちらを上目遣いで見た。

「さっそくなんだが、きみたちに新しい案件を担当してもらいたい。ストーカーの相談が入った」

第二章　ストーカー

1

相談者の森佳織《もりかおり》とは、渋谷《しぶや》のカフェで面談した。

「まずお伺いしますが、つきまといの対象者にお心当たりはありますか？」

一絵の質問に、彼女がうつむいて首を振る。三十六歳の佳織は、地味だが知的な雰囲気の美人だった。肩までの髪、縁なし《リムレス》メガネ、紺のノーカラージャケット、白いカットソー、グレーのパンツ姿である。

「対象者は、森さんを尾行しますか？」

佳織がうつむいたまま首を振る。

「では、進路に立ち塞《ふさ》がったりとか？」

彼女が首を振る。

「自宅や職場の見張りをしていますか？」

「見張りをしているというのではないのですが……」

佳織が言葉を返してきたので、一絵はその先を待った。だが彼女が言葉を発しようとしないので、さらに質問する。

「自宅や職場の付近をうろついているとか？」

「自宅には来ません」

「それなら、職場に押しかけるようなことは？」

再び彼女が首を振る。

「わたしが社を出るのを待っているんです」

「待っているというのは、お勤め先の建物の中ですか？　それとも、外で待っているということですか？」

「外です」

佳織は、この近くにある化学系コンサルティング会社の研究員だ。

「それはいつ頃からですか？」

「八月……頃です」

彼女は、つきまといが始まったのが八月とはっきり記憶していると一絵は感じた。それなのに、あとから〝頃〟と付け足してぼやかした。

「もう二ヵ月になりますよね。警察には相談しましたか？」

「いいえ」

「なぜですか？」

「大事《おおごと》にしたくないんです。それに、会社の外に立っているだけなので」

「この二ヵ月の間、対象者は頻繁に姿を見せていますか？」

「ごくたまにです」

「回数にして何回くらい？」

佳織が押し黙る。

「〝ごくたまに〟であるにもかかわらず、会社の外に立っているだけの男性をストーカーと認識したのはどうして？」

彼女の声がさらに小さくなる。

「……こちらをじっと見ているからです」

「あの」と、そこで口を挟んだのは一絵の隣に座っている明日香だった。「森さん、お食事なさらなくていいんですか？」

佳織は、勤務先の昼休み時間を利用して自分たちに会っている。明日香は、食事をとる時間を心配してそう言ったのかもしれないし、矢継ぎ早に質問を浴びせる一絵を牽制《けんせい》する意味があったのかもしれない。つい習慣で、こうなってしまう。

「大丈夫です」と佳織が明日香に向けて応える。「あまり食欲もありませんし」

一絵も口調をやわらげることにした。

「その日の服の色や、森さんがどのような行動をしたかを電話やメールで告げ、対象者が監視していることを気づかせようとしてきますか？　帰宅直後に、〝お帰りなさい〟などと電話してくるとか」

「いいえ、ないです」

「それらしい無言電話はどうでしょう？」

佳織が首を振る。

「汚物や動物の死体などが自宅や職場に送りつけられたりしたことはありませんか？　あるいは、性的羞恥《しゅうち》心を侵害する文書や図画を送られたり、玄関先に置かれているようなことは？」

「ありません！」

佳織が初めて強い口調で否定した。

「しっくりこないな」

「なにがですか？」

佳織との面談を終え、明日香と一絵はチェーンの牛丼屋のカウンターにいた。

「最後の質問に対してだけ、森さんはなぜあんなに強く否定したんだろう？」

「〝汚物〟〝動物の死体〟〝性的羞恥心〟といった言葉に対して、極端な反応をしてしまったんじゃないでしょうか」

そのあとで周囲を見回す。自分の口にしたことが、ほかの客の耳に届いていないか気にしているようだ。

「すみません、食事のお店で」

「いいさ」と断ってから、「望月さんの言うことも一理あると思うよ」と同意する。

目の前にそれぞれ注文したものが置かれた。明日香は、先ほど慣れた調子で注文した並盛の牛丼に、やはり手慣れた感じでカウンターにある容器から紅ショウガをトングで取って添えている。そして、丼を手に持つと箸で悠々と口に運び始めた。姿勢よく席に座った彼女と、牛丼屋のざっかけない雰囲気とのギャップに興を覚える。

「よく来るの、こういうとこ？」

と、自分も並盛に紅ショウガを載せながら言う。牛丼に限らず、丼物や焼きそばなどに紅ショウガを載せる場合には真ん中というのが一絵の流儀だ。そして、甘辛い匂いに酸っぱい香りが入り混じるのを楽しみつつ、牛めしをわっしわっしと掻き込む。

「出先ではよく入りますね。ぱぱっと食べられるし、おいしいし」

それを聞いて、うんうんと頷きつつ咀嚼《そしやく》する。あとから追いかけてきた紅ショウガの辛味がいい。丼を置くと、一緒に頼んだ豚汁の椀を取って啜る。薄切りの大根を上下の奥歯の間で見つけると、妙に嬉しくなった。

隣で明日香が、サイドメニューのゴボウサラダを食べていた。

「それにしても、会社の外で待っているだけとはな」

一絵がそう呟くと、明日香がこちらに顔を向ける。

「対象者のことですか？」

「うん。で、向こうから話しかけてくるわけでもない」

「森さんは、対象者が会社の外で待っているのは、毎日ではないと言っていました」

「会社の外に時々立っているだけの男を、彼女はしっかりストーカーだと認識している」

「一絵さんの〝しっくりこない〟は、その辺りにもあるわけですね」

同じ日の午後五時、ふたりは佳織の勤務先のある建物の前に立っていた。六階建ての小さなビルである。近隣トラブルシューターが入っている新宿御苑のビルよりは新しいが、警備員もおらずオートロック設備もない。ガラス張りのドアの向こうにエレベーターが見える。もっともセキュリティーが甘いのは、近隣トラブルシューターの事務所も同じではあるのだが。

国道２４６号から脇道に入った、こうした小規模なビルや住宅、店舗が入り交じった場所で、人通りはそれほど多くない。

「これなら、相手が自分を待ち伏せしていると認識できるかもしれませんね」

という明日香の言葉に、一絵も頷くしかない。

職場の勤務時間は午前九時半〜午後五時半。彼女は遅くとも七時までには、社を出るそうだ。

日中、明日香と一絵は別の案件に対応していた。そして佳織の帰社時間が近づく頃、ここにやってきた。

十月第一週の今、五時を過ぎると辺りはだんだんと暗くなる。今のところ、それらしき男性の姿はない。

六時を回った頃、佳織が姿を現した。外にいるふたりに一瞬だけ視線を送ると、そのまま歩き始めた。少し間隔をあけ、明日香と一絵もあとに続く。不審者がいたとしても、ただ佳織の姿を見ているだけならば排除したり警告したりはできない。佳織に対してなんらかのアクションを起こした時、こちらも対応することになる。佳織が帰宅するまで、ふたりでガードすると伝えてある。

住宅地から喧騒の溢《あふ》れる繁華街に出、井《い》の頭《かしら》線の渋谷駅に到着。ここまで、それらしき人物は確認できていない。佳織はひとり暮らしで、住居のある明大前《めいだいまえ》までは急行で二駅である。だが、佳織は混まない普通電車に乗った。帰宅ラッシュで立錐《りっすい》の余地もない急行に対し、普通電車もがらがらというわけにはいかない。吊革《つりかわ》につかまって立つ佳織を挟むように、明日香と一絵は両脇に立った。明大前まで七駅、その間も対象者とおぼしき男性は現れなかった。

明大前駅に到着すると、ふたりは佳織の左右にぴったりついて歩いた。渋谷では、対象者を焙《あぶ》り出そうと多少距離をとっていた。相手がどの程度のつきまといをしているか、知るためにである。だが、もし住居近くで対象者が現れたとしたら、危険度が一気に高まる。佳織の証言によれば、対象者の行動は彼女が社を出るのを待っているだけである。そして、これまで自宅近辺には現れていない。それが覆《くつがえ》されれば、対象者の佳織への執着が増したということで、いかなる行為に及ぶか分からない。一絵は緊張して歩いた。

駅前商店街を抜け、静かな住宅街を五分ほど歩いた。五階建てのオートロック付き賃貸マンションが彼女の自宅である。四階の部屋の前まで送り届けた。侵入者がいる場合を考え、一絵がドアを開ける。真っ暗な室内はしんとしていた。

女性宅なので、明日香が靴を脱いで中を確認することにした。玄関内の壁にある照明スイッチを入れると、廊下の途中にあるトイレと浴室のドアを開け中を点検した。突き当りに磨《す》りガラスのドアがある。明日香が室内ドアを開け、天井照明のスイッチを入れた。後ろ姿の明日香の向こうの室内が明るく照らされる。明日香がさらに奥に入っていき、誰もいないことを確認している。

廊下の突き当りに戻ってきた明日香が大丈夫というように頷くと、室内ドアを後ろ手に閉めた。

一絵は佳織に告げる。

「念のため我々は、マンションの外に一時間ほどいます。なにかあれば、窓を開けて教えてください」

マンションのベランダは生活道路に面している。

「名刺にある私の携帯番号に電話していただいてもいいです」と一絵は続けた。「我々が帰ったあとになにかあった場合には一一〇番してください」

事件未満を扱う近隣トラブルシューターは二十四時間体制ではない。事務所のコールセンターの受付時間は午前九時半～午後六時半である。緊急事態となればそれは事件であり、警察に連絡してもらう。

「一一〇番ですか？」

と佳織が戸惑ったように言う。

一絵は頷いた。

「対象者が現れるのは勤務先だけ、とおっしゃいました。しかし単に森さんが気づいたのが、そこだけだったのかもしれない。あるいは知らぬ間に尾行されていて、相手はすでにこの家を知っているかもしれない。それ以外にも、もっとあなたの情報を持っているかもしれません。自宅近辺にまで現れれば危険度はさらに増します」

そこまで言葉を並べてから、脅してしまったかなと後悔する。

だが佳織のほうは、「分かりました」と不承不承《ふしょうぶしょう》に返事するだけだった。

その様子に違和感を抱くが、玄関に戻ってきた明日香の、「では失礼します」の声で部屋を辞した。

一絵の表情を見て、明日香が問うてくる。

「どうしたんですか？」

「森さんは、警察に連絡したくないらしい」

「彼女も言っていましたが、大事にしたくないんじゃないですか。だから警察ではなく、うちに相談してきたんだと思います」

「そうも考えられるか」

ふたりでマンションの外に立った。


九時過ぎに帰宅すると、陶子は夕食を食べずに待っていた。いつものように、一絵はひと風呂浴びて食卓に着く。食事は窓の外にベランダがあるリビングのテーブルでとる。キッチンとつながったダイニングには、エアロバイクやバランスボールが置かれている。毎朝、一絵はそこでエアロバイクを漕《こ》ぎ、腹筋や腕立て伏せの筋トレをする。つまりはホームジムのスペースなのだ。家の中にこの空間をつくるのを陶子は許してくれた。警官は体力が資本だ。そして、警察を退いたあともトレーニングは続けていた。

今夜のメニューは鶏の手羽もとと黒オリーブのトマト煮込み、マカロニサラダ、それにクラッカーとブルーチーズ。

いつものように「飲むか？」のひと口ビールの儀式をしてから、陶子は赤ワインのグラスを取り上げる。一絵はビールを続けた。

「そういえば、今日ピーちゃんが来た」

「もうそんな季節か」

「いつもより一ヵ月以上早いかな」

ピーとは、ベランダにやってくるヒヨドリのことだ。毎年、十一月の半ば過ぎになると姿を見せ、巷《ちまた》にエサがなくなる一～二月は頻繁に飛んできてはベランダにある熟したヒメリンゴの赤い実をつついている。ヒメリンゴの実は、陶子が卸《おろ》して肉料理のソースに使っていたのだけれど、いつの頃からか、ヒヨドリのために枝に残しておくようになった。

確定はできないが、毎年やってくるヒヨドリは同じ個体であるらしい。一絵夫婦はピーと名づけて、年ごとに馴れ親しんでいた。

一絵はマカロニサラダを頬張り、ビールを飲む。陶子がつくるマカロニサラダはあれこれ入れず、いたってシンプルだ。短冊に切ったロースハム、塩もみした薄切りのキュウリと茹《ゆ》でたマカロニをマヨネーズで和《あ》え、コショウをたっぷり。マカロニサラダはボリュームがあるので、空腹を満たすのに最適だ。

近隣トラブルの範疇《はんちゅう》かはともかく、会社へのストーカー相談は多いという。生活安全課でも扱ったが、この案件は危険も伴うので、陶子に伝えたくない。刃物を持って襲いかかってくれば、盾《たて》になって相談者を護《まも》らなければならない。だがストーカーに限らず騒音問題だって、こじれれば刃傷沙汰《にんじようざた》になりかねないのだ。それを防ぐのが、トラブルを事件化させないということである。

手羽もとはレンズマメも一緒に煮込んでいて、それがトマトソースを鶏肉によく絡ませる。黙々と食べてばかりもいられないので、「レンズマメは、オジサンのとこで買ったの？」と訊いてみる。

「リョウちゃんも一緒に行って買ったじゃない」

とすぐに陶子に言われてしまう。

〝オジサンのとこ〟とは、近所の市場にある乾物屋を指す。乾物屋の七十過ぎの主が、自らをオジサンと称するので、自分たち夫婦もそう呼ぶ。

ナイフとフォークで食べていた一絵だったが、手羽もとの軟骨を齧《かじ》り取るには骨を手摑《づか》みする必要がある。ビールを飲み干すと、手羽もとを取り上げる。そしてゼラチン質の軟骨部分の歯触り、舌触りを楽しむ。食べ尽くした骨を、皿の縁によけた香りづけに一緒に煮たローレルの葉の横に置いた。ベランダに大きめのプランターで育てた月桂樹《げっけいじゅ》がある。そこから摘んだ葉だ。ベランダにはほかにもローズマリー、バジルといったハーブがある。花卉《かき》はなく、「うちは食べられるものばっかり」と陶子は笑っている。

一絵は指についたトマトソースを舐《な》め、改めてウエットティッシュで拭《ぬぐ》う。そして、自分のグラスにも赤ワインをそそいだ。

「今日、望月さんと牛丼屋に入った。ああいう店に、若い女性も平気で入るんだね」

クラッカーにブルーチーズを載せ、口の中に放り込む。そして赤ワインを啜った。癖のあるチーズの匂いと塩味《えんみ》が、赤ワインと掛け算する。

「カウンターで丼を抱えてる彼女の姿が、ひどく様になってるんだ」

今度はクラッカーにオイルサーディンとスライスした玉ネギを載せ、たっぷりタバスコを振った。オイルサーディン載せクラッカーが一番合うのは、実はジントニックだ。休日の早い夕刻、窓の外がまだ明るい時間にたまに飲《や》る。しかし今は休日でもないし、夕刻でもない。ジントニックの出番ではない。勝手な思いを巡らせつつクラッカーを口に入れようとしたら、陶子が言った。

「オバサンも牛丼屋さんに入ってみたいな」

2

佳織の退社時間が迫ると勤務先のあるビルの前に立ち、周囲を窺い、異常がなければ彼女を自宅まで送る。そうしたボディーガードめいたことを繰り返し、木曜日の今日で三日目になる。

一絵は、隣にいる明日香に言う。

「五時頃に社の前に来てほしいというのは、森さんからの要望だ。だからそうしているわけだが、昼間に対象者が現れることは考えられないのだろうか？」

「出勤したら、なるべく建物の外には出ないようにすると、彼女は言ってました。自分は研究職なので、社用で外出することはないとも」

「対象者が現れるとしたら退勤時間——その辺に彼女はずいぶんと確信を持っているような気がするな」

すると、明日香がこちらを見やる。

「それもまた、一絵さんの〝しっくりこない〟ですか？」

「うーん」

と一絵は低く唸《うな》ってから、

「まあ、そうなるかな」

と返す。そのあとで訊いてみた。

「会社にはストーカー相談が結構あるそうだけど」

「ただ、本当のストーカーとなると、十件のうち一件といったところです」

「と言うと？」

「相談者はほぼ老若の女性ですが、彼女らの思い込みがほとんどなんです。たとえば、隣家の人にあとをつけられているという相談がありました。自分が出勤のために駅に向かうと、アパートの隣人がいつもあとからついてくる。帰宅時間も、家に向かって歩いているとあとからついてくる、と」

それを聞いて一絵は苦笑する。

「しかし、それは出勤時間と帰宅時間がお隣とたまたま一緒というだけなんじゃ」

「でも、相談者は大真面目《おおまじめ》なんです」

「なるほど」

「こんな相談もありました。アパートの隣室から覗かれている、と。そこで、カメラで盗撮されているということですか？　と質問したところ、壁越しにじっとこちらを見ているのが分かる、と」

一絵は言葉を失う。

すると彼女が呟く。

「今度の案件も、森さんの思い込みという線はありますよね。だとしたら、一絵さんの〝しっくりこない〟も、そこにつながっているのかもしれません」

「うーん」

一絵は再び唸るしかない。

七時を回って、佳織が建物から出てきた。これまでで一番遅い時間だった。その彼女が、竦《すく》んだようにエントランス前で立ち止まった。

一絵は、素早く佳織の視線の先を追う。そこに黒いスーツ姿の男がいた。年齢は佳織と同じくらい。三十五、六歳といったところか。中背で、がっしりした印象だ。顎《あご》が角張っている。街灯や店の看板に照らされた男は、佳織をじっと見つめていた。その目は鋭くはない。むしろ慈愛に満ちていた。男と佳織は道一本を隔て、向き合っている。

「行こう」

一絵は明日香を促し、佳織のもとに素早く歩み寄った。ふたりが彼女の両脇に立つと、男はすぐにその場から離れた。

明日香が佳織に訊く。

「今の男性が、つきまといの対象者ですか？」

佳織が、さっきまで男性が立っていた場所を見つめたままで頷いた。

今度は一絵が質問する。

「知っている人ですか？」

すると、弾《はじ》かれたように佳織がこちらを向いた。

一絵はもう一度ゆっくりと言葉をかける。

「知っている人ではないんですか？」

「そんなはずないでしょう！」

彼女が強く否定した。

ふたりで佳織を、明大前の自宅まで送り届ける。途中、あの男性が姿を見せることはなかった。自宅の周囲も、自宅内も異常なし。

「あしたは来ていただかなくて結構です」

ふたりが辞そうとした時に佳織が言った。

驚いて明日香が訊き返す。

「お勤め先の前で待たなくていいということですか⁉」

佳織がゆっくり頷く。

「対象者はあしたもまた現れるかもしれないんですよ！」

「大丈夫だと思います。さっきおふたりの姿を見て、立ち去ったので」

「そんなふうに判断するのは危険すぎます」

「けど、大丈夫なんですよ」

佳織が薄《うす》っすら笑った。

「しかし……」

明日香が唇を噛《か》む。

「またなにかあれば連絡しますので」

「分かりました」

一絵はきっぱりとそう応え、明日香に目配せする。

明日香も仕方なさそうに部屋を出た。

いつものように一時間、マンションの前に立つ。

「よかったんですか、あんなふうに応えて？」

明日香はまだ不満顔だ。

「我々が動けば、料金が発生する。彼女としては支払額を抑えたいという考えがあるんだろう」

「それだけで、あしたは来なくていいと？」

「もちろん、対象者が現れないという確信があってのことだろう」

明日香がはっとする。

「森さんには、対象者の動きが分かっているというんですか？」

「おそらく」

と一絵は言った。

「さっき一絵さんは対象者について、〝知っている人ですか?〟〝知っている人ではないんですか?〟と二度も森さんに確認していました。対象者は、やはり森さんの知人だと?」

「おそらく」


「あしたは来ていただかなくて結構です」そう佳織には言われた。しかし翌日の五時になると、明日香と一絵はそれまでと同様に佳織の勤務先のビルの前にいた。相談者の指示を無視する行動だ。それに自分たちの人件費も発生する。剣崎の了解を得てからここに来ていた。

今朝、剣崎はこんなことを言っていた。

「私は警察官時代から、さまざまな事件未満のトラブルに関する悩みや不安を耳にしてきた。そうしたトラブルの深刻化や事件化を未然に防ぐためには、気になると感じた時点での適正な対処こそが重要だ。一絵君も、まさに気になると感じているんだろう」

剣崎の言葉を反芻《はんすう》していると、明日香がこんなことを口にする。

「社長の、トラブルを事件化させない、という信念は本物です。起業したのもそれを実現したかったからで、お金儲けとかいっさい考えてないです。これまでも、危険だと判断したストーカー案件では、相談者に生活再建支援金の名目でお金を渡して引っ越しさせています」

「引っ越し費用を、会社で出したっていうこと⁉」

「警察は、お金を出してくれませんよね」

元警察官である一絵は、返す言葉がなかった。

明日香が肩をそびやかす。

「今日もあたしたちはこうして出動したわけですが、社長はこの分の請求を森さんにしないはずです。こちらの勝手な判断で動いたわけだから、と。そんなふうだから、うちの会社のほうはいつまでもあの古い雑居ビルから引っ越せないんですけど」

五時半過ぎ。ほぼ定時で佳織が出てきた。〝来ていただかなくて結構です〟と言われているる手前、ふたりは彼女の視界に入らないようにしている。駅の方向に歩きだした佳織が立ち止まった。彼女の前に、黒いスーツの男が立ち塞がるように立っていた。

明日香と一絵は素早くそちらに向かう。昨日と同じように佳織の両脇をふたりが固めると、すぐに男性はその場をあとにした。

佳織は凍りついたように佇んでいた。その顔がこちらに向けられると、なぜあなたたちがいるの？　という表情に変わる。

一絵は静かに告げた。

「森さんは、彼が現れるとは思わなかった。だが、森さんの考えと違って、彼はやって来た。相手は、必ずしもあなたの想像どおりの動きをするとは限らない。相手は、相手の思考と執着で行動するんです」

佳織が無言のまま歩き始めた。明日香と一絵もそのあとに続く。佳織は駅に向かって早足で歩いていた。

三人とも無言のまま、佳織の住むマンションに着いた。四階にある自宅のドアを開けると、佳織は中に入る。そして明日香と一絵の鼻の先で、バタンとドアが閉ざされてしまった。

どうしたものか？　と、ふたりで互いに顔を見交わす。すると、すぐにドアが内側からそっと開かれた。そして佳織が、やはり無言のまま中に入るように促す。

佳織はトートバッグを足元に置き、短い廊下に立っていた。

「森さん、念のため部屋の中を確認させてください」

明日香が言うと、彼女が頷いた。

靴を脱いだ明日香が佳織の横をすり抜け、廊下の途中のトイレと浴室のドア、突き当りのドアを開けて中を覗き込んだ。昨夜と同様に、明かりをつけて室内ドアの向こうに行って侵入者がいないのを見極めてから戻ってきて再び靴を履いた。そして、玄関の小さな三和土《たたき》にいる一絵の隣に立つ。

段差のあまりない上がり框《がまち》で向き合っている佳織が、意を決したように口を開いた。

「知っている人なんです。名前は、水島尚樹《みずしまなおき》。以前、付き合っていました。八ヵ月前——今年の二月に別れました」

明日香が強い口調で訴える。

「なぜそれを伝えていただけなかったんですか!?」

「彼がわたしに近づこうとした時、おふたりが側にいるのを目にすれば、それで諦めると思ったんです。だから、くわしい事情を説明する必要はないと」

今度は一絵が質問した。

「彼——水島さんは、復縁を求めているということですか？」

佳織がこくりと頷く。

「電話やメールでも、よりを戻したいと伝えてきている？」

やはり佳織が無言で頷く。

「電話の音声やメールの文面は保存していますか？」

彼女が頷いた。

「それを確認させていただけませんか？」

「困ります」

「どうして？」

佳織が黙り込んでしまった。

仕方なく、一絵は別の質問をする。

「先ほどあなたは、我々ふたりが側にいるのを水島さんが目にすれば、それで諦めると思った、と。なぜですか？」

「わたしが周囲に相談しているのを分からせるためです。交際していたのは、わたしたちふたりの問題です。そこに他者が介入してきたのを知ったら、もう、わたしたちの世界は終わっているんだと改めて認識するのではないかと考えました」

「つまり、恋愛時代のロマンティックなようすがに縋《すが》ろうとしても無駄だと、我々の存在を通じて伝えようとした？」

「ええ。そして、彼はそれを察することができるはずです。賢い人ですから」

彼女の声には、水島をリスペクトする響きがあった。

「森さんに最初に面談した際、汚物や動物の死体あるいは性的羞恥心を侵害する文書や図画を送られたことはないか？　と私は質問しました。それに対して、あなたは強く否定した。水島さんはそんなことをする人ではない、という感情の表れだったわけですね」

「彼は、卑怯《ひきよう》な人ではありません！」

きっぱり否定した。

「水島さんと別れた理由はなんですか？」

「そんなこと、お伝えする必要がありますか？」

すぐに彼女が切り返してきた。

それに対して明日香が語気を強めた。

「興味から訊いているのではありません！　むしろ興味なんて一ミリもありません！　しかし情報共有が必要なんです！」

明日香の剣幕に、佳織が驚いていた。しかし彼女は、別れた理由についてはなにも言わなかった。

一絵は一瞬、冷静さを欠いた明日香を確認するように見やってから、また佳織に向けて言葉を投げかける。

「お勤め先の建物の前に水島さんが現れるようになったのは、八月頃だとおっしゃっていましたね。しかし森さんは、〝頃〟ではなく、八月何日という日付まで覚えているのではないですか？」

「彼が現れたのは、八月の第一木曜日です」

「昨日は、十月の第一木曜日でした。あなたは、昨日、水島さんが現れることを知っていた」

「彼が東京に来るのは、毎月第一と第三木曜日なんです」

「火曜と水曜の二日間、水島さんが現れないのを知りながら我々を会社の前に立たせたのは、つきまといの相手を知っているのをごまかすためですね？　ごくたまにしか現れないつきまといの相手が、狙いすましたように我々が派遣された日に現れるという偶然は出来すぎている。疑われないように、あらかじめ二日間の張り込みをさせたわけだ」

彼女がうつむく。

「すみません。でも、先ほども言いましたが、おふたりが側にいるのを目にすれば、それで彼は諦めると思ったんです」

「水島さんは八月の第一木曜日に会社の前に現れ、その後、八月の第三木曜、九月の第一・第三木曜にも現れた」

彼女が下を向いたままで頷いた。

「その際に、言葉をかけてきたりはしないんですか？」

「ただこちらを見ているだけです。それは本当です。しつこい人ではないんです」

そこで明日香が苛《いら》ついたように言う。

「しつこくないって言いますが、現に相手はこうしてつきまとっているじゃないですか。

相手は、森さんの想像とは別次元で行動しています。金曜日の今日も現れました」

いつもと様子の違う明日香を気にしながら、一絵は佳織に提案する。

「あしたから三連休です。ご自宅前を巡回しましょうか？」

土、日と明々後日《しあさって》は第二月曜日でスポーツの日だった。

「いいえ、結構です。今日、おふたりに来ていただいたおかげで、彼も諦めたと思います。

それに、連休は人と会う約束があるんです」

「会うのは、女性のお友だちですか？」

一絵の質問に、佳織は応えなかった。それでさらに訊く。

「男性と会うんですね？」

彼女が頷いた。そして、今度ははっきりと返答した。

「結婚を前提にお付き合いしている男性です」

「その男性との出会いが、水島さんと別れた理由ですか？」

再び彼女は応えなかった。

今度は明日香が訊く。

「お付き合いしている男性は、森さんがストーカー行為を受けていることを知っているのですか?」

その応えの代わりに佳織が言った。

「今日のように勝手に来るようなことはしないでください。元カレにつきまとわれているなんて、知られたくないので」

明日香が興奮して言い返す。

「〝勝手に〟って、男性にも危険が及ぶかもしれないんですよ!」

一絵は手で明日香を制する仕種《しぐさ》をする。そうして、佳織に向かって静かに告げた。

「分かりました。先日も申し上げましたが、なにかあった場合には一一〇番してください」

しかし、彼女がそうしないだろうことは表情を見れば明らかだった。

「ひとつ教えてください。この件を、警察に相談するのではなく、弊社に依頼してきたのはどうしてですか?」

「何度も言ってますけど、相談する人がいるのを彼に見せれば諦めると思ったからです」

苛立たしそうに彼女が返す。佳織も明日香も苛々していた。

「それに」と佳織が付け足す。「警察に相談したら、彼に近づかないように警告するかもしれません。彼を刺激したくなかったんです」

「と言うと？」

「わたしの裸の写真を持っているんです。もっと恥ずかしい写真も」

「つまり、リベンジポルノを恐れているのですね？」

佳織が頷く。

「しかしあなたは、水島さんは卑怯な人ではないと――」

「だから念のためです」

佳織は、一絵の探るような視線を避けるようにしている。

「あしたからの三連休、森さんから私の携帯に電話がなければ異常なしと判断します。それから来週の火～金曜の帰宅時、念のため会社の前に望月とふたりで張り込むことを許可してください」

「まだ彼が来るっていうんですか？」

「可能性はゼロではありません。もしも来週姿を現さなければ、今月の第三木曜まで間隔を空けてもいいでしょう。もちろん森さんがその後も張り込みを延長しろというのであれば、我々はそうします」

「いいえ延長は結構です。来週もいらないくらいなんです。費用を抑えたいので」

佳織に渋々承諾させ、彼女宅を辞した。

「まだ隠していることがありそうですね」

明日香が、佳織の部屋の窓を見上げながら言う。先ほどの苛々が消え、いつもの彼女に戻っていた。

「森さんの発言は矛盾だらけな気がします」

一絵は頷く。

「矛盾だらけ、確かにそうだよ。警察官時代に扱ったストーカー被害者も矛盾に満ちていた。ストーカー殺人の報道があると、なんで警察は手をこまねいていたんだと人々は言う。しかし、それは違う。現場で警官は、被害者に対して必死に危険を訴えていたはずだ。たとえば、DVが原因で別れた男につきまとわれたとする。警察は男にストーカー行為に対する禁止命令を出す。それだけでなく、彼女を殴ったり蹴ったり、髪を摑んで引きずり回したりといったDVを傷害事件で立件しようとする。相手に擦り傷でもあれば、被害者への危険度はいや増しに増す」

「スリキズ、ですか？」

「ああ、傷害の前科でもあればということ」

つい警官同士で話しているような調子になってしまった。一絵はさらに続ける。

「相手のDVを立件しようとしても被害女性は、〝あの人はやっと勤め先が決まったのに、辞めさせられたらかわいそうだ〟と訴えを取り下げる。そして、暴力を振るわれたのは、自分に落ち度があったからだと言い出す」

「森さんは、まだ水島という男性に未練があるのでしょうか？」

「分からない」

そう、分からない。ただ、彼女がすべてを明らかにしていないことだけは確かだ。

3

三連休中、佳織の身辺に異常はなかったようだ。そして火曜日の夕方五時、一絵は明日香とともに佳織の勤務先がある建物の前に立っていた。

佳織が出てくると、彼女のもとに歩み寄る。そして、自宅まで彼女を送り届けた。帰途、水島は現れなかった。

いつものように明日香が室内を点検し、玄関に戻ってきた。そして靴を履く前に、佳織に向かって言う。

「金曜日は、ついむきになった口の利き方をして申し訳ありませんでした」

彼女が深々と頭を下げる。

突然の謝罪に、佳織は面喰《めんく》らったようだ。

さらに明日香がこんなことを言い出す。

「またこんな質問をするとお叱りを受けそうですが、教えてください。森さんのような聡明な方が、後々弱みに付け込まれるかもしれない写真を撮るのをなぜ許したのですか？」

佳織はやはり戸惑ったような表情をしていたが、そのあとでじっと明日香の顔を見つめていた。そして、彼女が単なる好奇心で訊いているのではないと察したようだ。

「向こうでお話しします」

と明日香を伴い、廊下のドアの向こうの室内に消えた。一絵はひとり玄関に取り残された。

「写真を撮るのを許した件、私も疑問に思っていたんだ。だが、質問しづらかった。望月さんが訊いてくれてよかった」

ふたりは香織のマンションの前にいた。やはり一時間、そこで警戒するつもりだった。

「で、森さんはなんと?」

明日香は少しためらってから、おずおずと語り始める。

「彼女、水島さんが初めてだったそうです」

「ん?」

すぐには理解することができないでいた。

明日香が再び口を開く。

「森さんは三十二歳で水島さんと付き合い始めたそうです。それまで男性と付き合ったことがなかった。男性経験もなかった」

それで、水島の意のままになったということか……。

一絵は明日香を見やった。彼女と目が合う。

「今、一絵さん、あたしはどうなんだろうって思いませんでした?」

返す言葉がない。

「男の人って、みんなそんなふうに考えるんですか?」

一絵は黙っていた。

「あたしは二十七歳ですが、男性と付き合ったことがありません。男性経験もありません。

恋愛に興味がないんです。学生時代は弓道部にいて、部活と学業を両立させることで精いっぱいでした。社会人になって、友人から紹介された男性と食事に行くこともありました。いい人だなと思う人もいましたが、ずっと一緒にいたいという気持ちにまではなりませんでした。好きだと言ってくれた人もいました。そうした相手に対しても、優しくてステキだな、頼りがいがあるな、という以上の感情は持ちませんでした。あたしは、べつに恋愛したいとは思っていません。焦りもありません。一方で、このままでいいんだろうか？という迷いもあります。地方の実家にいる母からは、〝就職して何年かしたら結婚すると思っていたのに〟と言われて、それも圧になってます。だからこの間のように、人のぐちゃぐちゃした恋バナを聞いているとイラっとしてくるんです。これでいいですか？」

「すまん。もういい」

明日香がため息をついた。

「だけど自分の感情に支配されてしまうのでは、仕事になりませんよね。反省してます」

金曜日まで張り込みを続けたが、水島は現れなかった。依頼人がもう大丈夫だと言っている以上、来週からはこの件から外れることになる。

日曜日、一絵は陶子とスーパーで買い物をしてから昼食をとるためチェーンの牛丼屋に入った。

カウンターを案内されるが、「あそこいいかな?」と店員に断って、奥のテーブル席に向かい合って座る。

テーブルにあるタブレット端末で、陶子の牛丼の並と自分のネギ玉牛丼を頼む。外は秋の陽が降り注いでいたが、窓の向こうは生垣で陰になっているせいで明るい店内風景が映り込んでいた。昼時で混み始めてきている。

隣のテーブル席に作業着姿の男たちがどやどやとやって来て、タブレットを囲み注文を始める。彼らが注文を終えしばらくして、一絵のすぐ隣に座っている屈強そうな大柄な男が通りかかった店員を捕まえた。「さっきこの席から頼んだ牛丼の大盛り、つゆだくでお願いします」と伝える。その声が意外に優しくて、一絵の心がなごむ。その男とふと目が合い、彼がにっこり笑って軽く会釈した。一絵も目礼を返す。

陶子の前に並盛が運ばれ、自分の前にネギ玉牛丼が置かれた。ネギ玉牛丼は、牛丼の上にたっぷりの青ネギが敷き詰められている。小鉢に、割られていない生卵がひとつ添えられていた。青ネギの載った牛丼の上に、さらに卵を落とせばネギ玉牛丼になるという寸法である。しかし今日の一絵は先輩風《せんぱいかぜ》を吹かせ、卵を陶子に譲る。「途中で牛丼にかけるのもうまいよ」というように。

陶子は笑って応じる。

一絵がしゃきしゃきとした青ネギの歯触りと牛肉の脂の相性を楽しんでいると、陶子が、

「ねえ、あの人、ほんとに嬉しそうに牛丼食べてるの」と目配せしてくる。

一絵は、陶子の背後の窓に目をやる。そこに、先ほどの大柄な男が大盛りの丼を抱えている姿が映っていた。その顔は、えも言われぬほど幸せそうだ。

声に出すと男に聞こえそうなので、「あんなにうまそうに食べてるってことは、仕事も楽しいんだろうな」と表情で伝える。

「分からないわよ。失敗しちゃったあとだったかも。だとしても、ごはんがおいしく食べられるっていいよね」

陶子は、並盛に途中で卵を落とした。ふたりで青ネギ牛丼と、並盛を交換しながら食べた。陶子は結局、並盛を食べきれずに少し残した。

牛丼屋を出て自宅に戻り、買い物した荷物を置く。

「ねえ、ほら、ピーちゃん」

ダイニングと続くリビングの窓の外のベランダに、ボサボサ頭のヒヨドリが一羽来ていた。陽だまりの手すりに背中をこちらに向けてとまり、町の風景を眺めている。

「うちのリンゴは、食べるにはまだ早いぞ」

一絵は窓の外のピーに声をかけた。

ベランダに、一絵の背丈ほどのヒメリンゴの木がある。実はサクランボほどの大きさで、ほんのりと赤みを帯びてきてはいるが、まだまだ固い。しかしピーはこうしてふらりと飛んできては、マンションの八階のちっぽけなベランダガーデンで過ごしていく。

陶子と並んでピーを眺めていると、綿パンの尻ポケットに突っ込んでいたスマホが鳴った。佳織からの着信だった。

「彼が来てます！　インターホンを何度か押して、カメラに映ってます！」

「絶対にオートロックを解錠しないで。すぐに向かいます」

一絵は陶子に、「仕事で出掛けることになった」とだけ伝えると裏の駐車場に行く。そして、自家用のステーションワゴンに乗り込んだ。

明日香とは、例のやり取り以来ぎくしゃくしている。休日でもあり、呼び出すのを遠慮することにした。

環八を走って三十分ほどで到着し、佳織のマンション近くのコインパーキングに車を止める。

マンションの前に行くと、水島が立っていた。黒いスーツ姿だ。彼がこちらを凝視する。

一絵は白いニットシャツに濃紺のスイングトップを羽織っていた。

「あなた、この間もカオと一緒にいた人ですよね。警察の方ですか？」

その声には、相手が警官だとしてもひるまないぞという確固たる意志があった。ふたりの間が離れているので声が大きい。

「私は近隣トラブルシューターという会社の相談員で、一絵といいます」

「なんです、それ？　カオに雇われたということ？」

一絵は応えず、問い返した。

「森さんになんの用ですか？」

「カオと話がしたいんだ。彼女にそう伝えてくれませんか？」

「できません。森さんは、あなたと会うつもりはありません。帰ってください」

「帰れって、あなたは、僕とカオのつながりを知らないでそう言ってる」

一絵は、水島との距離を徐々に詰めていった。通行する人々に聞かせる話ではない。しかし、彼にはすでにそうした配慮がなくなっているようだ。

「水島さん、少し声を低くして落ち着いて話し合いましょう」

「ああ……ええ、そうですね」

目の下にクマがある。ネクタイをしていないワイシャツの首回りが垢染《あかじ》みていた。

「大丈夫ですか？　ちゃんと寝てますか？」

「僕は家を出ました。妻とは別れるつもりです」

水島は結婚していたんだ！

「カオと話がしたいんです」

「それはできません」

「なぜ邪魔をするんですか？ 僕と彼女とのつながりも知らないくせに」

「水島さんは、さっきもそれを言った。〝つながり〟とはなんですか？」

「カオは、僕と会うことをなにより優先してくれた。僕の都合に合わせて、浜松《はままつ》まで会いに来てくれた。彼女は自分から進んで経口避妊薬を飲んで、対策してくれてた。だから僕は安心して、彼女の中に出すことができてた。彼女、顔立ちは地味なんですけど、スタイルがいいんです。僕が初めての男だったから、なんでも言うがままだった」

この男はいったいなにを言ってるんだ⁉ 一絵はむかっ腹《ぱら》が立つのを抑え込む。

「水島さんは、本当に森さんを愛しているんですか？」

「もちろんですよ。そして、彼女も僕を愛していた。ラブホのベッドに並んで座り、ひつまぶしを食べたっけ。〆に小袋のだしをうなぎご飯の上に振りかけて、電気ポットで沸かしたお湯をかけてね。ほら、浜松は名古屋《なごや》の文化圏なんで、ひつまぶしを食べたりするんですよ」

「〝彼女も僕を愛していた〟——そう言うからには、今は愛されていないことを理解しているんですよね？」

「行き違いが生じているんです。話し合えば、修正できるはずです」

この会話は、もちろん水島を佳織から引き離すのが目的である。同時に、一絵の答え合わせでもあった。

「森さんは、水島さんの〝都合に合わせて〟浜松まで会いに行ったとおっしゃいました。水島さんは、浜松にお住まいですか？」

彼が頷く。

「自分からは東京に行かなかった？」

「月に二回、東京に来ていました」

「それは、第一・第三木曜日ですね」

彼が頷く。

「森さんと別れて半年後、八月の第一木曜日に森さんの勤務先のある建物の前にあなたは立った。なぜですか？」

「彼女と話すために決まっているでしょう」

「しかし、あなたは森さんを見ているだけで、話しかけようとはしなかった」

「僕の姿を見れば、向こうから近づいてきて話しかけてくると思ったからです」

「なぜ？」

「彼女が、また僕と付き合いたいと思っているから。以前もそうでした。僕らは齢が同じで、三十二歳から三十四歳の年末まで三年間付き合っていた。その半年後、カオのほうから会いたいと言ってきて、また付き合い始めたんです。その後、僕が東京に来ると月に一度は会っていた。そして、今年の二月に彼女が別れたいというのでそうした。でも半年経《た》ったから、カオはまた僕に会いたくなったはずだ」

「それが八月だったというわけですね？」

彼が頷いた。

「しかし森さんのほうは、自分の前に現れた水島さんを避けるようになっていた。メールに返信もないし、電話にも出ない」

「それで彼女に直接話しかけなければ、と思うようになりました。すると、今度はあなたたちが彼女の周りをうろちょろし始めた」

「今後、彼女につきまとえば警察に通報しますよ」

「なぜ、これまで警察に通報しなかったんですか？　カオがそれをしたくなかったからですよね？」

一絵は言葉に詰まる。水島のリベンジポルノを恐れてのことだと佳織は言っていた。警察に相談することで〝彼を刺激したくなかったんです〟と。それもあるかもしれない。だが、真の理由に一絵は気づいていた。とはいえ、ここで口に出すことはできなかった。

すると、水島が勝ち誇ったように言い募る。

「やはり、彼女が僕のことを考えているからなんだ！」

「あなたのことを思っているからじゃない。あなたの家族のことを思っているからです。警察が介入すれば、あなたがしていることを家族が知ることになるんですよ」

それは一絵の考えだった。佳織はそうは考えていない。

「水島さん、お子さんは？」

家族について質問され、居心地悪そうな顔をしていた。

「子どもはふたり。小学生の男の子と女の子です」

「あなたは家に戻るべきだ。まだ間に合う。家族のもとに帰ったほうがいい」

水島が無言のまま踵《きびす》を返す。

一絵は彼の背中に向かって告げた。

「いいですね。今度、森さんの前に現れれば、その場で警察に通報します」

水島は振り返らなかった。

「水島さんに家庭があることを、あなたは言わなかった。あなたが警察にではなく我々に相談してきたのは、水島さんと不倫関係にあったことを知られたくなかったからだ。もちろん我々にではない、あなたが現在交際している相手にだ」

それが、一絵が行き着いた答えだった。

「いけないことだって言うんですか⁉」

佳織が興奮して返してくる。

「不倫するような女とは結婚できない！　そう言われるかもしれないんですよ！」

一絵は先ほどの水島とのやり取りを伝えにきていた。佳織の家の玄関で向かい合っている。

「あなたは、水島さんと一度は別れた。しかし、半年後に再び会うようになったそうですね」

「ナオと出会ったのは、三十二歳の時です。仕事帰りにたまたま入ったバーで、カウンターのひとつ席を隔てたところに彼は座っていました。ああ、彼はわたしを〝カオ〟と、わたしは尚樹を〝ナオ〟と呼んでいました」

〝カオ〟――確かに先ほど水島は、佳織をそう呼んでいた。

「あの日、なんでバーになんかひとりで入ったのか……。わたしは、やはり出会いを求めていたんだと思います。ナオとは、そのバーで第一・第三木曜に会うようになりました。そして間もなく、男女の関係になりました。恋愛経験のなかったわたしは、彼に夢中になりました。関係を持つ前から、彼は自分に家庭があることを隠していなかった。そこにも、彼の誠実さを感じていました」

妻を裏切る男のどこが誠実なんだ、と一絵は思う。

「わたしはナオが本当に好きだったので、自分から避妊薬を飲むと伝えました。浜松に何度も会いに行きました。だけど彼が東京に出てくるのは、仕事のついでの時だけ。わたしは、彼にとって都合のいい女だったんです。でも、それでよかった。今思えば、わたしは、彼という沼にはまっていたんです。一方で、わたしは結婚もしたかった。ナオが家庭を守りたいのは感じていました。東京でも浜松でも、一夜を共にすることは決してなかった。彼はホテルで過ごしたあと、必ず家に帰りました。わたしは、結婚できないナオとの関係を、三年間と決めていた。だからこの期間は、彼という沼に思い切りはまってやろうとも決めていたんです」

「そしてあなたは、予定どおり三年間で水島さんと別れた」

「ええ。なのに、なぜ半年後にまた会うようになったのか？　それが一絵さんの質問でしたね」

一絵は頷いた。

「別れて四ヵ月後、東京に出てきた彼から、久しぶりに飲まないかと誘われました。わたしは、それもいいかと、ごく軽い気持ちであのバーに行きました。早くも懐かしさが湧いていたのです。でも、その店で、彼からホテルに行こうと強く誘われました。そうして悟りました。こうして会うということは、ただお酒を飲んでおしゃべりするだけではなく、抱き合うことを意味するのだと。わたしは断りきれなかった。だからといって納得していたわけではありません。店からホテルに向かう途中、彼が手をつなごうとするのを振りほどきました。渋々応じたのを分からせるためです」

彼女が目を伏せる。

「その日、ホテルを出て別れる時、彼は冷淡でした。行為を終えたあと、なにかが違うと感じたようです。もはや、わたしの彼への愛情が消えてしまったのだと思ったのかもしれません。でも、それは違う。こんな会い方は美しくないと、わたしは考えたのです」

彼女がゆっくりと視線を上げた。

「そのあとずっと、わたしはあんな会い方をして、あんな冷たい表情をした彼と別れたのを後悔していました。あの別れ際に見た彼の顔が、わたしたちの恋愛の最終場面になってはいけない——そう思い詰めたんです。なぜならこれは、わたしにとって生涯唯一の恋になるだろうから。今後出会いがあっても、それは結婚という目標に向け打算を含んだお付き合いになる。純粋に人を好きになったのはこれが最後になるだろうと。だからこそ、美しく恋を終えたかった。それで二ヵ月後に、わたしのほうからナオに会いたいと連絡しました。ただし今度はわたしから浜松に行くこともなかったし、彼に避妊具をつけてもらいました。彼が東京に月に二度来るうちの一度だけ会うことにしたんです。だけど、そんなふうにして会っても、美しい別れの場面なんてつくれっこなかった。だからまた、わたしのほうから別れを切り出したんです。今年の二月にメールで、もう会わないと伝えました」

「水島さんは、それを受け入れたんですか?」

「ええ、あっさりと。もともと彼は、家庭を壊すつもりがなかったわけですから」

「ところが水島さんのほうは、またいつかあなたが戻ってくるものと信じていた。おそらくは半年後を目処《めど》に」

佳織は黙っていた。

「今お付き合いされている方とは、その後に知り合ったわけですね?」

「ええ。マッチングアプリで知り合いました。ナオとの恋愛の沼にはまったような情熱はありませんが、堅実に交際を進めています。一度離婚歴のあるその人は、今度こそ幸せな家庭を築きたいと考えているようです」

そこで、はっとしたように佳織がこちらを見る。

「ナオは、わたしと話がしたいって言ってるんですよね？　だったらわたし、直接話してもいいです。わたしに結婚したい相手ができたって知ったら、ナオは潔く身を引くはずです」

「あまりに危険すぎます。今度は水島さんが、あなたに対する執着の沼にはまっているんですよ」

そう耳にした途端、佳織はリムレスメガネの底で、ひそやかではあるが勝ち誇ったような笑みを浮かべた。

「ひとつ訊かせてください。水島さんと付き合う時、彼の家族のことを考えましたか？」

「彼とわたしは、いわば共犯関係でした。家族に知られたくないという彼に協力して、わたしは我がままを言わなかった。だから、彼の奥さんに知られなかったんです。完全犯罪でした」

「だから、水島さんの奥さんを傷つけていないと？」

「そうじゃないんですか？」

4

昨日は、陽が落ちてからもしばらく佳織のマンションの前に立っていた。一絵は帰宅する際、また水島が現れたら躊躇《ちゅうちょ》することなく警察に連絡するよう伝えた。間違っても彼と会話をしてはいけないと強く説いた。たとえインターホン越しであっても、と。あのあと水島は現れなかったようだ。少なくとも、インターホンの呼び出しボタンは押さなかった。

そして月曜の夕刻、明日香とともにまた渋谷の佳織の勤め先の前にいる。風の強い日だった。

今朝、昨日のことを明日香に伝えると、「次には、たとえ休日であっても必ずあたしに連絡をください」とだけ言った。

建物の出入り口に佳織が現れ、明日香と一絵は素早く両脇を固める。すぐに水島が現れた。

「警察に連絡します」

一絵は風に逆らって水島に言い、スマホを取り出した。

「待って！」

そう声を上げたのは佳織だった。そして、水島に向かってゆっくりと告げる。

「わたし、結婚することになったの。もう会いに来ないで」

「カオ……」

彼は驚愕《きょうがく》したように黄色く濁った目を見開いていた。目の下のクマがさらに濃い。顔全体がどす黒かった。

「妻とは別れる。僕と一緒になろう」

「もう無理なの。分かって」

水島は大きく頭《かぶり》を振ると、ビル風の向こうに消えた。

「やはり彼は分かってくれた」

ほっとしたように佳織がもらす。

「これで終わったのね」

「なんであんなことを言ったんですか⁉」

一絵は強い口調で言う。

佳織が一絵のほうを見やると、さらに言葉をぶつけた。

「復讐のつもりですか⁉」

彼女は黙っていた。

佳織のマンションの前まで来ると、薄暗がりに男がひとり立っていた。水島ではない。

「山下《やました》さん」

佳織が彼に近づいていった。

「どうしてここに？」

「社用で近くまできてね。晩メシでも一緒に食おうと思って」

山下は四十二、三歳といったところ。細身でグレーのスーツ姿だった。彼がきっと、佳織が結婚を前提に付き合っている相手なのだろう。

「ＬＩＮＥしたんだけどな」

「ごめんなさい。帰り際ばたばたしてて、見ていなかった」

山下が、こちらに視線を送ってくる。

「この方たちは、会社の人？」

と訊く山下に対して、「ええ、ちょっと……」と佳織は言葉を濁す。

「カオ！」

声がして振り返った先に、包丁を手にした水島が立っていた。彼が風の中、佳織に向かって突進する。

とっさに一絵は、水島と佳織の間に割り込んだ。一絵は飛び込んできた水島を、抱きかかえるように受け止めた。腹に強い衝撃が走る。

「一絵さん‼」

明日香が叫んだ。

一絵は右手で水島の右手首を掴んで高く上げ、同時に左手で相手の右肘を下から押し上げた。そして自分の腰に乗せて投げた。

「ぐわっ！」

水島が声を上げた。

倒したあとも水島の右腕を緩めることなく押さえつけ、完全に腕拉《うでひし》ぎが決まった状態で、さらに相手の関節の上に自分の膝を乗せて動きを封じた。包丁が突き刺さった一絵のビジネスバッグが傍《かたわ》らに落ちている。

明日香に向けて、「一一〇番！」と指示した。

組み伏せている水島が、

「なんで人に相談なんかするんだ……」

と絞り出すように言葉をもらす。

「僕たちふたりのことに、なんで他人を介入させるんだ」

「逮捕術《たいほじゅつ》は身体に染み付いてたみたいだな」

覆面パトカーの赤いパトライトを映した頬を、大瀬良《おおせら》が面白そうに緩めた。世田谷北《せたがやきた》署強行犯係の大瀬良は、顔見知りの私服警官だ。ピンストライプの仕立てのいい紺のスーツ、襟《えり》が白く、身頃がブルーのシャツにネクタイはなし。なかなかの洒落者《しゃれもの》だ。一絵は、一年前まで同じ所轄の生活安全課に勤務していた。

水島はすでにパトカーで署に連行されている。佳織も事情聴取のため別のパトカーで連れていかれた。山下は、パトカーが到着する前にこの場から立ち去っていた。

「一絵、やつはなにか言ってたか?」

と大瀬良に訊かれる。

「〝なんで人に相談なんかするんだ〟と」

「それはつまり、おまえさんの勤めてる会社にマルガイが相談したことが気に入らないってことか? 中にはいるんだ。警察に相談したことが気に入らなかったって逆恨みを口にするやつが。だがな、人に取られるくらいなら女を殺《や》ってやる、それが本音だろ。珍しくもないストーカー事件だ」

そう、これは事件になってしまった。事件未満で収束できなかったのだ。

大瀬良が続ける。

「ストーカー相談は、全国で去年二万件近くあった。関係の多くは〝元〟を含む交際相手で、約四割を占めている。おっと、おまえさんにこんな話、釈迦《しゃか》に説法《せっぽう》だった」

「水島の家族には伝わるんだろうな」

と一絵は言う。

「当たり前だろ」

呆れたようにそう突き放したあとで、大瀬良が顔を覗き込んできた。

「おまえさん、まさか水島が浮気してたのを、やつの女房が知ることになるのを気にしてるのか？」

黙っている一絵を、彼が茶化す。

「相変わらず愛妻家だな」

そのあとで、余計なことだったというように気まずげな顔になる。

「調書を取るんで署に来てもらうぞ」

「彼女はいいだろう」

向こうに立っている明日香を見やった。

大瀬良が、「ああ」と応える。夜風に首を竦めていた。

「望月さん、先に直帰して」

一絵は言った。


「私人逮捕《しじんたいほ》なんて一絵さん、バットマンみたいじゃないっすか！　ダークナイトだ！」

若い相談員がはしゃぐ。一絵の入社歓迎会の席だった。刃物を持った水島が突進してきたのが月曜日。その週末の金曜の夜である。

「相手の手首と肘をガッ、ガッと摑んで、瞬時に投げ飛ばしたって、望月さんが」

別のひとりがそう言うと、向こうの席にいる明日香が曖昧な表情をしていた。

居酒屋の個室を貸し切りにし、社員一同四十名が参加していた。

一絵の上着の内ポケットでスマホが震えた。画面を見ると佳織からの着信だった。

「失礼」

と周りに声をかけて立ち上がり、一絵は個室のドアを開ける。そこは居酒屋の店内で、週末とあって喧騒に溢れていた。一絵は片手で耳を塞ぎながら電話に出る。

「あれから山下さんと話したんです。わたしが不倫してた過去を知られちゃったわけですけど、でも彼、こう打ち明けてくれました。〝離婚の理由は性格の不一致だって言ったけど、本当は俺の浮気のせいだった〟って。〝お互い、今ここで本当のことを伝え合えてよかった〟って」

一絵は、「わざわざご連絡いただき、ありがとうございます」とだけ返して電話を切った。

スマホを内ポケットに戻すと、有山がこちらにやってくるのが目に映った。手洗いから戻ってきたところらしい。

彼が一絵を見ると、「けっ」と吐き捨てた。

「派手な立ち回りなんぞ演じやがって。いい気になるなよ。あんた、なんで警察辞めたんだ？」

それを聞いて、やはり剣崎は社員らに伝えていないのだと思う。

なおも有山が食ってかかる。

「現場で泡を食ってチャカでも抜いちまったか？　それとも警察庁《サッチョウ》によけいなことをチクったのか？　いずれ、身内に迷惑かけたんだろうよ」

蔑《さげす》んだような目で一瞥《いちべつ》すると行ってしまった。

「一絵さん」

有山とすれ違うように明日香がやってきた。スマホを手に立ち上がったのを見ていたのだろう。

一絵は、佳織からの電話の内容を伝えた。

「よかったですね、結婚に支障がなくて」

「そうだろうか」

「え？」

「あの山下という男性は、水島に襲われそうになった森さんをあの場に残して立ち去ってしまった。彼女に寄り添ってやるべきだったのではないだろうか」

「それは……」

と言いかけて明日香が口をつぐむ。

そう、それは自分らが云々《うんぬん》すべきことではない。確かにそのとおりだ。

「おお、今日の主役がこんなところにいたか」

剣崎の笑顔があった。

「社長、事件未満を事件にしてしまい、申し訳ありません」

一絵は改めて謝罪する。隣で明日香も頭を下げていた。

「身を挺して相談者を危険から護ってくれて、感謝している」

剣崎が言うと、一絵の肩を励ますようにポンと叩く。

「さあ、戻ろう。みんな待ってるぞ」

賑《にぎ》やかな店内を、三人で宴席へと向かった。

大瀬良が口にしたとおり、〝珍しくもないストーカー事件〟かもしれない。だが、明日香と一絵に苦さが残った。

第三章　ケンカを吹っかける男

1

月曜日の朝、買い換えたビジネスバッグを机の上に置くと、一絵は離れた席にいる有山の横顔をそっと眺めた。先週末、自分の歓迎会があった居酒屋で彼に言われたことを思い出す――「いずれ、身内に迷惑かけたんだろうよ」

警察官は身内意識が強い。手柄の取り合いや出世争いはある。だが、身内が負傷したり命を落とすような事件が起これば、全員が一丸となる。

パトカー業務の若い警官から仕事に迷いを感じていると相談されたことがある。一絵は、即刻退職したほうがいいと忠告した。巡回は、ふたり一組で行う。心に迷いを抱いていれば、一瞬の判断が鈍る。そうなれば、相棒に危険が及ぶ。

身内に迷惑をかけないというのが、警官の鉄則なのだ。

剣崎の声がして、はっとなる。

「一絵君、望月君、ちょっといいかな」

墨田《すみだ》区にある京成《けいせい》線八広《やひろ》駅は、一級河川荒川《あらかわ》のほど近くに位置する。町はずれといった印象で、駅前に商店街はなく、住宅や小さな工場が密集している。明日香と一絵は、土手下にある一軒の老朽化した賃貸マンションに向かった。三階建てでエレベーターはなし。各階四戸の大滝《おおたき》マンションだ。

三階の一番奥の部屋に大家の大滝恵子《おおたきけいこ》がひとりで住んでいた。六十代半ば過ぎの恵子は毛玉の付いた辛子《からし》色《いろ》のカーディガンを羽織り、質素な暮らしぶりが窺えた。

「親の土地に建てたんだけど、古くなると賃料も上げられないでしょ。おまけに修繕だなんだってかかるわけだし、マンション経営なんてちっとも儲からないのよ」

恵子は、ぶすっとした表情になる。

「それに加えて今度みたいな入居者トラブルで、お宅みたいな会社の人を呼ばないとならないんだから、とんだ出費よ」

彼女がまたぶすっとする。

明日香と一絵は、座卓を挟んで恵子と向き合っている。恵子が出してくれた薄い座布団の上に、ふたりとも正座していた。

明日香が、恵子に確認する。

「ご相談の件についてですが、住人の男性で酒癖の悪い方がいて、ほかの住人の方にケンカを吹っかけて困る、とか――」

「そうなのよ。菅《すが》さんて人なんだけどね。うちのマンションの一階に、もう長く住んでる人でね」

重ねて明日香が訊く。

「ケンカを吹っかけるとは、どういう状況なのでしょう？」

「それが、あなた」と恵子は手をひらひらさせる。「部屋の前の外廊下に長椅子を出し、そこにひとりで腰掛けて、通る人を睨みつけるのよ」

「睨みつける……だけですか？」

「〝だけ〟って言うけどね、いちいちギロッて睨んでくるんだから怖いわよぉ。菅さんの部屋は101号室で、一番手前なの。部屋の前に関所みたく居座って、みんなその前を往《い》ったり来たりしないとならないわけ。迷惑なのは、一階に住んでる人だけじゃない。二～三階に住んでる人たちだって、101号室の横に内階段があるから、やっぱり菅さんの脇を通り抜けないとならないの。迷惑を被《こうむ》ってるのは、このマンションに住んでる全員てこと。だいたいね、廊下は共用部なんだから、許可なく私物を置かれちゃ困るのよ。管理規約にもちゃんと書いてあるんだから」

そこで一絵は質問する。

「菅さんは、何時頃になると椅子を廊下に出して座るんですか？」

現在は午後四時過ぎ。大家宅に来る途中、内階段を使うために101号室の横を通ったが、部屋の前には男性の姿はもちろん長椅子もなかった。

「毎晩、六時くらいかしらねえ。菅さん、この近くの工場に勤めてるんだけど、帰ってくると、作業着のまんま長椅子に座って飲み始めるのよぉ」

「では、今日も？」

と一絵が言うと、恵子がぶすっとした顔で頷いた。

六時近くになると、明日香と一絵は大滝マンションの一階廊下に立った。廊下はコンクリート塀の内側で、通りからは見えない。

101号室のドアが開き、グレーの作業服を着た六十代くらいの男が長椅子を持って姿を現した。男は、自分の部屋のドアの開閉の邪魔にならないところに長椅子を置くと、いったん中に戻る。そして今度は缶チューハイ二本と柿ピーの袋を持ち、また出てきた。男はドアを閉めると椅子に腰掛け、缶の一本と柿ピーの袋を傍らに置く。そして、手にしたもう一本の缶のタブを引いてチューハイをぐびりと飲んだ。

小柄で、頭頂部の髪が薄くなっており、目が点のように小さく痩せている。作業服のズボンの短い脚を組んで、なにか考えごとをしているように顔をうつむけたかと思うと、ふと顔を上げた。そして、こちらのほうを見る。恵子が言っていたように〝睨みつける〟ような目つきではない。むしろ虚《うつ》ろだった。

ふたりで彼のほうに歩み寄る。一絵が口を開こうとすると、明日香がこちらに顔を向けた。「ここは、あたしが」と無言で告げている。確かに一絵が注意するよりも、彼女から伝えたほうが丸く収まるかもしれない。一絵は頷き返した。

「あの、菅さんですか？」

呼びかけてきた明日香を、不思議そうに眺める。

「そうだけど」

「近隣トラブルシューターという会社の相談員です」

「俺っちには相談することなんざねーよ」

「なにをされてるんですか？」

「見れば分かるだろ。酒飲んでんだよ。チューハイ」

「なぜ、ここで？」

「この場所がいいからに決まってんだろ」

「十月も半ばを過ぎて、夜になるとひんやりしませんか？」

「んなこたぁねーよ。チューハイ飲んでっから、ぽっぽしてらあ」

菅はべらんめえに返しつつ、明日香の背後に無言で控えている一絵のほうをちらちら見る。

明日香がなおも言う。

「菅さんは快適かもしれませんが、廊下に椅子を出してお酒を飲むのは、住人の方に迷惑になります」

「迷惑だなんて、誰からも言われてねーけど」

三十代くらいの住人男性が通りかかると菅が、「よ、こんばんは」と挨拶する。男性のほうもちらりとこちらに視線を送ると、「こんばんは」と挨拶して内階段を上がっていった。

「ほらな、苦情なんて受けてねーだろ」

「では、改めてお伝えします。大滝マンションの共用部である廊下に椅子を持ち出して、そこに座ってお酒を飲むのは規約違反です」

「違反なの、これ？」

「はい」

明日香がきっぱりと応える。

その時、101号室のドアが開いて、六十代くらいの痩せぎすの女性が顔を出した。小柄な菅よりも背が高いかもしれない。

「どうしたの？」

彼女が菅に向かって言う。

「なんでもねえよ」

菅がぶっきら棒に返す。

女性が、あかぎれのように細い目で明日香と一絵を素早く見る。そのあとで菅をなじる。

「こんなところで飲んでるから、注意されたんじゃないのかい？　だからよしなって言ったのよ！」

女性は顔を引っ込め、乱暴にドアを閉めた。

「奥さまですか？」

明日香が訊く。

「ああ」

菅が苛ついたように応えると、立ち上がった。そして、チューハイと柿ピーを持って部屋の中に入り、すぐに出てくると今度は長椅子を抱えて部屋に戻り、もう姿を見せなかった。

明日香と一絵は三階の大家宅に行き、玄関口で報告した。

「あらま、そんなに簡単に片づいたの？」

恵子は驚いた表情だ。

「菅さんですが確かに長椅子を出してお酒は飲んでいました。でも、周囲を睨み渡すといった雰囲気ではなかったようですが」

すると、明日香に対して恵子が反論する。

「睨もうが、薄笑いを浮かべてようが、どっちだっていいのよ。ともかく、廊下に居座らないでってことなんだから」

恵子がぶすっとした。

一絵は訊いてみることにする。

「菅さんなんですが、ご夫婦で暮らしているんですか？」

「ええ。奥さんの美代《みよ》さんと、今はふたり」

「〝今は〟とおっしゃいますと？」

「数年前まで娘の里奈《りな》さんと家族三人で暮らしてたんだけど、里奈さんが家を出てひとり暮らしを始めたのよ。菅さんとこは夫婦仲が悪いんで、里奈さんもうんざりして出てったんでしょうよ」

一絵は、先ほど101号室から顔を覗かせた痩せぎすの気の強そうな女性の顔を思い出す。

ぶすっとしていた恵子が、表情をころりと変え、小ずるい笑みを浮かべた。

「この件、簡単に済んだんだからさ、料金内でもう一件お願いしたいわね。うちのマンションに、女ひとりで住んでたはずなのに、いつの間にか女友だちと一緒に住むようになってる部屋があるのよ。その友だちを追い払わないと、ここから出ていってもらうわよって警告してくれないかしら」

この件に関して言葉を返したのは、先輩相談員の明日香だった。

「〝いつの間にか〟というのは、どれくらいの期間になりますか？」

「そうね、二ヵ月くらい前からかしらね」

それを聞いた明日香が頷いていた。

「借家契約では、借りている家をさらに別の人に転貸《てんたい》すると、それを理由に契約を破棄できます。でも、伺ったケースの場合、お友だちを泊めているだけなので、無断で部屋を貸していることにはなりません」

「だって二ヵ月も泊めてるのよ！」

「この先、一年以上も同居を続けるならば、大家さんにきちんと挨拶するのが礼儀でしょうね。しかし、義務とはいえません。また、部屋を借りている女性が出ていったり、留守をして、同居女性から家賃を取るようなら、これは転貸になります」

「だったら、同居している友だちから、食費だの生活費だのを取るっていうのは？」

「それは当人同士の気持ちの問題で、大家さんが口を挟む範疇ではありません」

恵子がまたぶすっとした。

2

大滝マンションを訪ねた二日後の午後六時過ぎ、一絵のスマホのバイブが震えた。

「菅さん、また廊下で飲んでるわよ」

電話に出ると、名乗りもしない相手からいきなりそう訴えられた。一絵の中に、恵子の不機嫌そうな顔がすぐに浮かぶ。

「困るのよね、中途半端な仕事されると」

上野《うえの》にいた明日香と一絵は帰社する予定を変更し、大滝マンションに向かうことにする。地下鉄銀座線と京成線に乗り入れている都営浅草《あさくさ》線を使って八広までは三十分ほどだ。

徒歩も含め四十分後には大滝マンションに到着した。菅は、二日前と同じように101号室の前に長椅子を出し、缶チューハイを片手に座っていた。

「なんでぇ、またあんたたちか」

ふたりを上目遣いで見やる。

明日香が、「ここはあたしに」と言うように一絵に視線を送る。そして、菅と相対した。

「共用部である廊下でこうした行為をするのは規約違反です。先日お伝えした際には、納得していただいたみたいでしたけど」

「べつに納得はしてねえよ。だけど、違反だってことは聞いた」

「それを承知で続けてるってことですか?」

「いいじゃねえか、べつに誰も迷惑してねーんだし」

「皆さん、迷惑に感じてても、言い出せないのかもしれません」

「なんでだよ?」

菅がチューハイをあおる。

「ひとりで黙ってお酒を飲んでる人に、注意しづらいじゃないですか。近寄りがたいっていうか。絡まれるかもしれないし」

「絡んだりするかよ。俺っちは、みんなに愛想よく笑いかけてるよ。ほらこうやって――」

菅がにんまりと笑ってみせた。

「やっぱり怖いですけど」

「けっ、怖いってことがあるかよ」

明日香の訴えを菅がのらりくらりとかわすやりとりが十分ほど続いた。

勤め帰りらしい三十代くらいの女性が、三人の前を通り過ぎる。どうやら一階の居住者らしい。その女性に向かって菅が声をかけた。

「こんばんは」

それに対して彼女が、「こんばんは」と返した。

なるほど、こうやってコミュニケーションがあるということは、迷惑がられているわけでもなさそうだと改めて一絵は感じる。

「さてと」菅が立ち上がる。「そろそろ店仕舞いするか」

そして二日前のように缶チューハイと長椅子を家に入れ、「じゃな」と言って本人も消えた。

一絵は腕時計に目を落としていた。七時を回っていた。

「どうしました?」

明日香も一絵の時計を覗き込んでいた。

「いや、なんでもない」

ふたりでまた三階の大家を訪ね、状況を説明する。

「明日も来てよね。だけど、延長料は払わないからね」

「大丈夫です」と明日香。「この度は、一案件解決までのご契約になっておりますので」

マンションなどの管理会社が入居者同士のトラブル解決をアウトソースする定額制サブスクリプションのほか、出動回数に応じて費用が発生するなど、近隣トラブルシューターにはさまざまな料金プランが設けられている。

「ともかく、あんたたちにはお金を払ってるんだから、なんとかしてちょうだいよね」

恵子が、ドアの間から覗かせたぶすっとした顔を引っ込めた。

翌日も六時前に、大滝マンションにやって来た。すると今まさに、菅が長椅子を室内から運び出そうとしているところだった。

「菅さん、何度もお伝えしていますが、廊下は共用部です」

明日香を無視し、缶チューハイ二本と柿ピーの袋を手にした菅が座った。

その隣に一絵は、「失礼」と言って腰を下ろす。

菅が、おっと驚いた顔をする。明日香もびっくりしていた。

にやりとした菅が、「飲むか」とチューハイの缶を差し出してくる。

「酒は、帰って家で飲みます」

「かみさんとふたりで、しっぽり飲《や》るってわけか」

一絵のほうに突き出していた缶を引っ込め、柿ピーの袋を見せる。

「んじゃ、こりゃどうだ？」

一絵が柿ピーも遠慮すると、菅は缶チューハイを開けてひと口飲んだ。

「くーっ」

満足げにうなる。

「菅さんも、お宅で奥さんと一緒に飲んだらいかがです？」

「けっ、女房と一緒に飲んだって、面白くもねえよ」

一絵は、最初にここに来た日に101号室のドアから半身を覗かせた痩せぎすの女性を思い浮かべた。

マンションの住人らしい中年女性が、「こんばんは」と菅に声をかけ、内階段に向かう。

「おう、こんばんは」と返したあとで、菅がぽつりぽつり身の上話を始めた。

「頭から離れねえことがあるんだ」

「どんなことです？」

「女の顔だよ」

「ほう」

菅がチューハイを飲む。

「俺っちは、今の女房の前に一度結婚してんだ。まだ二十歳《はたち》を過ぎたばかりで、その女とは迷いながら一緒になった。なぜかって言うと、女の目がきょろんと大きかったからだ。それが所帯を持ってからもずっと気になってた」

「なにがそんなにいけないんですか？」

そう言ったのは長椅子の傍らに立っている明日香である。

「大きな目がこっちを見るたび、ダメな俺の姿が映ってるのを意識させられた。なんでも見透かすようなその目が、あんたはほんとにダメな男だねって言ってるみたいに感じた。だから、冷たくしちまったんだ。話しかけられても無視してな。そんな俺っちの態度に、女は耐えきれなくって半年も経たずに出ていったっけ。そん時の女の顔が忘れらんねえのさ。大きな目がなんとも悲しげでな。次の女房には目の細い女を選んだが、今も自分が不幸にした女がどうしてるか気になってる」

チューハイの缶を持った菅がうつむく。

「サイテーですね」

明日香が吐き捨てた。

菅がそちらに顔を向ける。

「ああ、俺っちは今もダメ男だ。女房はきつい性格で、細い目をこっちに向けてぽんぽんものを言ってくる」

「違います！　最初の奥さんの話です！　あなたがしたことは精神的暴力ですよ！　それに、〝自分が不幸にした女〟なんて、なにをイイ男ぶってるんですか⁉」

「俺っちがイイ男なもんかよ」

「ええ、そのとおりです！」

「あん？」

「前の奥さんは、菅さんのような人と早く別れる決心をして、不幸どころか幸せでした。なにを勘違いしてるんですか？　きっと彼女は彼女の人生をしっかり歩んでいて、菅さんになんて気にしてもらいたくないはずです」

菅が笑いだした。

「まったくだ」

ひとしきり笑ったあとで、しんみりしていた。

「俺っちは今もダメな男だ」再びそう言ったあとで、ぽつりと付け足す。「だが、嫌な男ではありたくない」

昨日と同じ一階の住人の女性が前を通り過ぎながら、「こんばんは」と菅に挨拶する。

「こんばんは」

と菅が返す。

しばらくして菅が、「さてと」と腰を上げる。そして無言のまま長椅子を部屋に仕舞い、自分も中に入る。

一絵は腕時計に目を落とす。七時を回っていた。

「やはり」

と一絵はひとり言《ご》つ。

明日香がこちらを見た。

「いや、昨日と同じくらいの時間に部屋に戻ったと思ってさ」

「なにかパターンがあるということですか？」

「菅さんは、この近くの工場勤務です。家に帰って、六時から一時間ほど廊下で飲んで、満足して部屋に戻る。単にそんな感じじゃないでしょうか？」

「まだ分からんが」

一絵は、「かもしれないな」と応えてから、「さて、またお小言を頂戴しに大滝さんのところに行くとするか」と彼女を促した。

「一時間くらい廊下で飲むことを許してあげたらって、大滝さんに言うのは？」

「それだと、大滝さんを菅さんの意に沿うよう説得することになる。依頼に応えることにはならない」

明日香がため息をつく。

「菅さんて、意外に頑固」

「頑固、か……」

翌夕《よくせき》も、明日香とともに大滝マンションに行く。いったいいつまでここに通うことになるのだろう？　まあ、それも自分たちが菅を説得できないでいるためなのだが。

１０１号室の前まで来ると、中から菅が長椅子を抱えて現れた。そして、それに続いて三十歳くらいのすらりとした女性も出てくる。

「もうこんなことやめてって言ってるでしょ！」

女性が菅に向かって盛んに訴える。

「ねえ、お父さん、こんな当てつけしないで！」

彼女は菅の娘のようだ。しかし菅は、懇願する娘を無視して、またいつものようにチューハイを持って長椅子に腰を下ろしてしまった。

明日香と一絵が歩み寄ると、菅が、「よお」と片手を上げる。

「こんばんは」

と一絵は挨拶した。

娘が、母親によく似た細い目を不思議そうにこちらに向けてくる。

「あの？」

「近隣トラブルシューターという会社の相談員です」

一絵が返すと、娘が眉をひそめた。

「近隣トラブルって……」

娘が顔をしかめたままで菅を見やった。

「お父さん、やっぱり居住者の方から迷惑に思われてるんじゃないの！　だから、こんな会社の人までやってきて！　どうするつもりなの⁉　お母さんへの当てつけだけじゃすまされなくなってるのよ！」

「失礼ですが、里奈さんですか？」

と一絵は訊いてみる。

彼女が頷いた。

その時、一階の住人の女性が前を通り過ぎていった。

「ただいま」

通り過ぎる際に、いつものように菅に声をかけていった。

「ああ、おかえり」

菅がそう応えた。そのあとで、娘に言う。

「分かったよ。中で飲むよ」

そうして長椅子から立ち上がる。

「あんたたちもお疲れさんだったな」

明日香と一絵にもそうひと声かけると、缶チューハイを携えて部屋の中に入ろうとする。

そんな彼に、明日香が問う。

「〝お疲れさんだったな〟って、菅さん、もしかしたら……」

「ああ、これでおしまいにするよ」

「ほんとですか？」

菅が頷いて、一絵を見やる。

「あんたのほうは、信じてないって顔だな」

にやりとすると、菅はドアの向こうに消えた。

一絵は自分の左手首に目を落とす。腕時計は、六時二十分を指していた。いつもよりだいぶ早く、菅は引き下がったことになる。

まだそこに残っている里奈に向け、明日香が質問した。

「先ほど、〝お母さんへの当てつけ〟とおっしゃいました。どういう意味ですか？」

「父はいつも母から叱られてばかりいます。その仕返しに、廊下でお酒を飲んだりして迷惑をかけているんです」

里奈は、母親に似たのか背が高い。明日香と同じくらいの身長だった。

「菅さんが、〝女房はきつい性格で、ぽんぽんものを言ってくる〟と」

実際には菅は、〝細い目をこっちに向けてぽんぽんものを言ってくる〟と発言していたが、さすがに明日香は自主規制したようだ。

「父は間が抜けたところがあって、よく失敗をします。先日も母に買い物を頼まれた父は、スーパーのポイントが五倍になる日だというのに、ポイントを使って買い物をしてきました。それをわたしと大輝《だいき》さん――あ、婚約者です――の前で、叱りつけられてました。それでも父は、にやにやしてるばかりで。もう反省してるんだかどうだか……」

「〝菅さんとこは夫婦仲が悪いんで、里奈さんもうんざりして出てったんでしょう〟という噂を耳にしてます」

里奈が素早く明日香に目を向ける。

「誰がそんなこと言ってるんですか？」

「噂です。あくまで……」

慌てて取り繕う。

「ははあ、大家さんね。だいたいあの人、いろんなことを大げさに吹聴《ふいちょう》するの。父のことだって、お酒を飲みながら廊下を通る人にケンカを吹っかけてるくらいに誇張しかねないんだから」

確かに恵子の言動にはそうした傾向がある、と一絵は思う。

「わたしが家を出たのは、ただ気ままにひとりで暮らしたいと思っただけ。それに、うちの両親は仲が悪いんじゃない。いつだって父が間違っていて、母がすべて正しいの」

「そのお母さま――美代さんがいくら説き伏せても、菅さんは廊下でお酒を飲むのをやめなかった。そして美代さんから頼まれて、里奈さんは説得しにきたのですね？」

明日香に向けて里奈が頷いた。

「美代さんがすべて正しいというのは、いかがなものでしょう？」

そう言った一絵に、里奈と明日香が顔を向けてきた。

「先ほどお話しされたスーパーの買い物の件、菅さんにも言い分があるはずです。美代さんもあとから文句を言うなら、菅さんに買い物を任せなければいい。そもそも、どちらかがすべて正しいなどというのはあり得ない。それに、あなたの婚約者の前で菅さんを責め立てるというのは、正しい方のすることでしょうか？」

すると里奈がむきになる。

「母を侮辱《ぶじょく》するのですか⁉」

「それなら、里奈さんは菅さんを侮辱していますよ」

里奈が口をつぐむ。

「夫婦には、夫婦の間にしか分からないことがあります。菅さんは、美代さんに対して譲った立場をとられているようですが、それがふたりのコミュニケーションの取り方なのかもしれない」

「では、なぜこの件で父は母の説得に従わなかったのですか？」

「もしかしたら菅さんは目的があって、廊下に長椅子を出していたのかもしれない」

「なんですか、その目的って？」

「分かりません」

里奈が、蔑んだように細い目でこちらを見た。

「あなたは偉そうなことを言って、結局は父を説得できなかったんですよね」

「おっしゃるとおりです」


「これでおしまいにするよ」――菅がそう言ったことを恵子に伝えたが、彼女は信用していなかった。

「土、日も見張りに来てくれるわね？」

ぶすっとした顔で要望され、一絵は応じた。恵子から言われなくても、念のためそうするつもりでいた。

明日香とともに大滝マンションをあとにし、夜の荒川《あらかわ》土手の下に出る。

「この近くに知ってる店がある。迷惑でなかったら、一杯付き合わないか？　おっと、同僚の女性を飲みに誘うというのは、職場のコンプライアンスとしてはまずいかな？」

一絵は明日香に提案してみた。例のストーカーの一件以来、ふたりの間に見えない壁があるような気がしている。

「相手が一絵さんなら、あたしのコンプラはＯＫです。ぜひお供させてください」

彼女が明るく返してきた。

「でも、帰って奥さまと食事なさるんじゃ？」

「今日は、妻が夜に開講する教室があるんでね」

「そういうことですか」

駅とは反対方向に土手下の道を三分ほど歩く。住宅が続く先に、店の明かりが見えてきた。

生成《きな》りの木綿《もめん》の暖簾《のれん》を分け、遣《や》り戸《ど》をがらがら開ける。半身を入れると、カウンターの向こうからすぐに六十代の大将が笑顔を向けてきた。短髪に白い和帽を載せた白衣姿だ。

「いらっしゃい」

「こんばんは」

金曜の夜とあって満席に近い。だが、静かなのがこの店の特徴だ。

「一絵さん、こちらへ」

と促され、カウンターの端へと向かう。明日香を隅に座らせ、隣に腰を下ろした。

清々《すがすが》しい白木のカウンターの向こうで、大将が頭を下げる。

「お久しぶりです」

「ご無沙汰してしまって」

「いつか奥さんを連れてくるって言ってたけど、若いすらりとした美人さんと一緒なんて。一絵さんも、隅に置けないな。あ、まさかこの人が奥さんじゃないですよね？」

「会社の先輩なんです」

「へ、センパイ？」

「実は転職しましてね」

「そうなんですか」

と、それ以上は詮索《せんさく》してこない。そんなところが居心地がいいのだ。大将には、警察官であったことを明かしていない。

「適当に頼んじゃうよ」

と明日香に言う。

「お任せします」

一絵は生ビールと一緒に、「いつものあれ、お願いします」と大将に頼む。すると、心得たように頷いた。

店の女性が生ビールのトールグラスを運んできて、カウンターに置く。ふたりでグラスを軽くかざし乾杯した。

「よく来るんですか、このお店？」

と訊かれ、「一年ぶり、いや、それ以上かな」と応える。

「夏の初めに、〝入りましたよ〟って、大将から電話をもらったんだけど、いろいろあって来られなかった」

「〝入りましたよ〟というのは？」

「コハダのシンコ」

「コハダって、お寿司ですよね？」

一絵は頷く。

「シンコはコハダより小さい幼魚《ようぎょ》で、梅雨明け頃に水揚げされるんだ。刺身を塩水にさっと通し、酢で洗って食べる。シンコを食べると、夏が来たなと感じるんだ」

大将がカウンターに、一絵が頼んだビールの肴《さかな》を置く。

「わあ」

明日香が歓声を上げた。

鶏の砂肝《すなぎも》と薄切りにしたニンニクを塩コショウで炒め、酒で蒸している。砂肝の白い銀《ぎん》皮《かわ》の部分は取らず、こりこりした歯応えを楽しむため包丁を入れるだけにしているのだとか。

一絵は砂肝を口に運ぶ。鶏の甘味とニンニクの甘味が混ざり合う。生ビールをひと口。

「うむ」

いつもながらビールによく合う。

「おいしい」

隣で明日香もご満悦だ。

酒に替えて、白子《しらこ》ポン酢を頼む。

「一絵さん、さっき菅さんの肩を持ってましたよね、なぜですか？」

「オジサン同士、気心が通じ合うのかな」

「オジサンて、一絵さんのほうがずっと若いし、イケてますよ」

「そりゃどうも」

ぷりっとしたタラの白子を口に入れると、ミルクが広がった。酒は富山の辛口のものを選んだ。うまいが主張せず、静かに料理を支える。

「菅さんは、自分のことを〝今もダメな男だ〟と言っていた。〝だが、嫌な男ではありたくない〟と。そこに同調したのかな」

「目が大きいから、なんて理由で奥さんを追い出しておいて。充分にヤな男です」

「でも、変わろうとした」

「一絵さんも、変わりたい部分があるとか？」

一絵は黙っていた。

すると、さらに明日香が訊いてくる。

「どうして警察を辞めたんですか？　会社でみんな、面白がっていろんな噂してますよ。捕まえた犯人をぼこぼこにしたとか、上役の不正を暴いて居づらくなったとか」

一絵はやはり黙ったままでいる。

明日香はじっとこちらを見ていたが、仕方なく質問を変えてきた。

「じゃ、なぜ警察官になろうと思ったんですか？　それならいいでしょ」

「私はこの町で生まれたんだ」

明日香が意外そうな顔をする。

「そうなんですね。だから、このお店も」

「いや、住んでいたのは小学校の低学年までだ。ここを知ったのは、警察官になってから。仕事でこの町に来ることがあって、たまたま入った店だった」

明日香が小さく頷く。

「父はネジ工場《こうば》をひとりでやっていたが、私が小学校に入学すると病気で死んだ。母は工場の機械を売ったり、パートで働いたりして凌《しの》いでいたが、父の死から一年して倒れ、間もなく亡くなった。それ以後、千葉にいる父の兄に引き取られた。伯父は俠気《おとこぎ》のある人で、実の子と分け隔てなく育ててくれた。だが、貨物船の船員の伯父は、留守がちだった。伯父が不在の家では、いっそう肩身が狭かった。いや、伯父がいない時でも、伯母や従兄弟《いとこ》らはなにも変わらなかった。なのに居づらい。あと、大学に進学したいとまでは、どうしても言い出せなかった。なにより私は自立したかった。自分が稼いだカネでメシが食いたかったんだ。それで警察官になることにした。警察学校は全寮制だし、給料がもらえる」

黙って一絵の話を聞いている明日香に、「なにか食べよう」と水を向けた。

「……あ、ええ」

一絵は、板場にいる大将に声をかける。

「なにかいい魚あります？」

「ヒラメなんてどう？　昆布〆《こぶじめ》にしてあるんだけど」

「お願いします。それと、〝冷《ひ》や〟をもう一本」

燗《かん》をつけない酒を指す〝冷や〟が、近頃は通用しなくなった。だが、大将には通じる。明日香に勧めると、大根の薄切りに味噌を付けたのをアテに飲んでいると、ヒラメの昆布〆が来た。明日香は、ワサビをちょいと付けたむちっとした身を箸で持ち上げ、醤油にすっと浸すと口に運んだ。

「ぽってりとして、歯にくっ付くみたい」

一絵も白身をひと切れ口に放り込む。本来持っている旨味を、仕事をした昆布がさらに引き出す。

「エンガワも食べてみて」

横に添えられたエンガワを明日香が口に入れる。

「身よりもさらに味が濃厚です」

一絵は頷き返すと、大将に声をかける。

「ご飯を軽く一膳《いちぜん》もらえますか」

すると明日香が、「あたしも」と続く。「お刺身って、ご飯があると旨味がさらに引き立ちますよね」

カウンターの向こうから大将が訊いてくる。

「一絵さん、そちらのセンパイさん、タラコでも焼きましょうか？」

「頼みます」

「もう、どうしよう」

3

休日なので、勤めが休みの菅は夕刻を待たずに長椅子を出す可能性もある。土日は近隣トラブルシューターも休業だが、この案件は緊急時には警察に連絡をというわけにもいかない。明日香と一絵は午後三時から、大滝マンションにやってきた。しかし土日とも、夜になっても菅は部屋から出てこなかった。

「休みだっていうのに、ご苦労なことだね」

日曜の七時まで101号室の前に張り込み、報告に行くと恵子にそう言われた。しかし、上辺《うわべ》だけの言葉であると分かる。すぐにこんなお達しを受けた。

「ところで、お願いがあるの。202号室に半田《はんだ》カズさんて、わたしと同年代の女の人が住んでるんだけどね、その人がよく炒り鶏《いりどり》を持ってくるのよ」

すると明日香が、「炒り鶏って、鶏肉と根菜やシイタケを炒めてから甘辛く煮た、あの？」と訊く。

「そうそ」と恵子が手をひらひらさせる。「あたし、鶏肉って大嫌いなのよ。なのに、半田さんたら、しょっちゅう持ってくるの。もう困っちゃって。ねえ、うまく断ってくれないかしら」

「あの、そういうことは――」

と拒絶しかけた明日香の語尾に、恵子が強引に自分の話をかぶせる。

「半田さんからこんなこと聞いたのよ。死んだあたしの亭主と仲良しで、毎朝一緒に出勤してたって。半田さんが部屋を出るのをうちの亭主がマンションの外で待ってて、並んで駅までおしゃべりしながら歩くんだって。ホームはね、ふたりそれぞれ上りと下りで逆方向で、別れる時は名残惜しくて、〝また明日ね〟って手を振り合うんだって」

恵子がため息をついた。

明日香は言葉を失っている。

「亭主はね、うちに家作があったから婿養子になってくれたの。でも、そんなこととは関係なく、会社を定年まで勤め上げた。まじめで実直な人でね、あたしは大好きだった。なのに半田さんたら、ほかにもうちの人となんかあったように、意味ありげに話をするの。それだけじゃない、周りに言って回ってるみたいなのよ。お願い、やめさせてちょうだい」

「分かりました」

と一絵は請け負った。

「一絵さん――」

　と小声で非難する明日香を、「まあまあ」と納得させる。

　仕方ないなあという表情の明日香が、恵子に訊く。

「先日おっしゃってた、部屋にお友だちを泊めているという女性の件はどうなりましたか？」

「ああ、あれね。昨日、お友だちが出ていったみたいなのよ」

　それを聞いて一絵ははっとなる。

「昨日ですか？」

「そうよ。今朝、笹原《ささはら》さんが報告にきたから。長い間黙ってお友だちを泊めて、すみませんでしたって。こっちだって、最初からひと言断ってくれさえすれば、追い出そうなんて考えないのに。それがこそこそしちゃって、感じ悪いったらないの。笹原さんは、礼儀のきちっとした人だって思ってたんだけどね」

　一絵は恵子に訊く。

「その笹原さんという方は、もしかしたら一階の一番奥の部屋にお住まいではないですか？」

「そうよ。104号室の笹原由紀《ゆき》さん」

「――そうだったのか」

一絵は低く呟くと、改めて恵子に顔を向ける。

「これから202号室の半田カズさんに会ってきます」

304号室のドアを閉めると、二階へと向かった。

「一絵さん、相談者からの依頼を簡単に引き受けないでください。うちは営利企業なんですよ」

「すまない」

「もう、こんなだから事務所の引っ越しができないんですから」

「気をつけるよ」

内階段を二階へと向かう。202号室のチャイムを押した。

顔を出したのは六十代半ば過ぎくらいの髪にきついパーマを当てた、ずんぐりとした女性だった。

一絵が、恵子の言い分を角が立たないようカズに伝える。

「大家さんて鶏肉嫌いだったのね。最初からひと言断ってくれさえすればいいのに」

カズは、まさについさっき恵子の口から聞いたのと同じ感想をもらした。

「大家さんの亡くなったご主人とだって、一度だけ偶然駅のほうに歩いたことがあったけど、それだって途中でわたしはパート先に向かってね。ほら、大家さんて、ぶすっとした表情するでしょ。あの顔見ると、つい意地悪を言ってみたくなるのよ。それにあの人、物事を誇張するとこあるしね。わたしが伝えたことだって、アパート中に触れ回ってるくらいに言いかねないんだから」

そうぼやいてから、ため息をついた。

「大家さんとは齢も近いし、夫を失《な》くした者同士、仲良くしたかっただけなのに……」

「半田さん、炒り鶏なんですけどね、きっと喜んでお裾分けにあずかりたい人を知ってますよ――」

一絵は、ある提案をして202号室を辞した。

「一絵さんは里奈さんに、〝もしかしたら菅さんは目的があって、廊下に長椅子を出していたのかもしれない〟と言っていました。その目的って、大家さんへの嫌がらせなんじゃないでしょうか？　菅さんが廊下でお酒を飲んでるのを嫌がってるのって、結局は大家さんだけですよね。ほかの住人の方は菅さんと挨拶を交わしたりして、そんなには嫌がっていないような……。もちろん、大歓迎ということではないんでしょうが。それに大家さん、住人の方たちからの評判があまりよくありませんよね」

「その大家さんからさっき聞いた話で、気がついたことがあるんだ」

「聞いた話って、104号室の笹原さんが泊めていたお友だちが昨日出て行ったっていう、あれですか？」

一絵は頷く。

すると明日香がこんな推理をした。

「もしかしたら菅さんは、笹原さんから頼まれて、泊めているお友だちが部屋から逃げ出さないように見張っていたとか？　でも、なにかの理由でお友だちがいなくなり、もう見張る必要がなくなったから、廊下に居座るのをやめた——そんな感じでしょうか？」

「いや、その逆だ」

「逆って、お友だちを見張っていたのじゃなく、誰かが訪ねてくるのを見張っていたということですか？」

そこまで言ってから、明日香がなにかに気づいた表情になる。どうやら、先のストーカー案件を思い出したらしい。

「まさか……」

「明日、私が思うところを菅さんにぶつけてみようと思う」

「それって、菅さんがまた廊下に椅子を置いて居座るって意味でしょうか？　でも笹原さんの部屋に、もうお友だちはいないんですよ」

「しかし、菅さんはきっとそうするだろう」

4

月曜日、明日香と一絵は夕刻六時前に大滝マンションにやってきていた。これまでなら菅が現れていた六時を回っても、彼は部屋から出てこなかった。

「なんか、あたし、菅さんが長椅子を持って出てくるのを待ってます。これってヘンですよね」

「まだ出てこなくていいと思う」

と一絵は言った。

「え？」

「今度は、目的が少し違ってきているから」

「目的……ですか？」

七時近くなって、101号室のドアが開いた。

「一絵さんの言ってたとおりですね」

ふたりして菅のもとに向かう。

「なんだ、あんたたちまた来たのかい」

菅は持ち出した長椅子にどかりと座ると、缶チューハイを開ける。

ついさっきは、「なんか、あたし、菅さんが長椅子を持って出てくるのを待ってます」と口にしていた明日香が、むきになって訴える。

「金曜日に、〝これでおしまいにするよ〟って、菅さんは言いましたよね⁉　あたしが、〝ほんとですか？〟って念押ししたら、頷いてました！」

「約束を破ってすまないな」

と彼が詫びた。

一絵は、「失礼します」と言って、また菅の隣に腰を下ろす。

「ここでは飲まねえんだったよな。家でかみさんと晩酌するんだろ？」

「ええ」

「結構なこった」

菅がチューハイを飲んだ。

「私は、この町の生まれなんです」

彼が意外そうに顔を向けてくる。

「ほんとかい？」

「ええ。父はひとりで工場をやってました」

「何屋だ？」

「ネジの製造です」

するど、彼が嬉しそうな表情になる。

「ネジ屋か」しみじみそう呟いてから、さらに続ける。「俺っちはバネ屋だ。スプリング工場に勤めてる。そうかい、あんたの親父さんはネジ屋だったか。どうして継がなかったんだ？」

「父は早くに亡くなりましてね」

菅が言葉に詰まる。そのあとで、「すまなかったな」ともらす。

その時、104号室の笹原由紀が通りかかった。由紀は肩までの髪を揺らし、意外なものでも見るように大きな目で菅を凝視した。一絵は、菅の〝俺っちは今もダメな男だ〟〝だが、嫌な男ではありたくない〟という言葉を思い出す。

「おかえり」

菅がほんのりとほほ笑む。

すると、由紀はなにかに気づいたようだ。

「ただいま」

と返したあとで、菅に向かって感謝するように深々と頭を下げた。

一絵はそれを見逃さなかった。

由紀が歩いていって、廊下の一番奥の104号室の鍵を開け、中に入った。

再び一絵は菅に視線を向ける。

「望月と私がここに来て、八日目になります」

「〝望月〟っていうのは、そっちのべっぴんさんかい？」

菅が、立っている明日香を見やる。

明日香が改めて小さくお辞儀した。

菅が今度は一絵に訊く。

「あんた、名前は？」

「一絵です」

「イチエ――どんな字を書くんだ？」

「一つ二つの〝一〟。絵の具の〝絵〟」

「絵が一つか……。悲しそうなキレエな名前だな」

ふと、陶子が一絵という苗字が好きだと言っていたのを思い出す。

一絵は話を続けた。

「最初にここを訪れた時、菅さんが長椅子に座っている姿を見て、なんだか懐かしい思いがしたものです。私が子どもの頃、家の前や路地に置かれた縁台に腰掛け、夕涼みをしたり、将棋を指している人の姿が記憶にあります。縁台というのは家と道との境にあって、その前を通る人は座っている人と自然と挨拶を交わします。菅さんは、きっとそんな懐かしい風景に身を置いてみたくなったのではないでしょうか？」

「まあ、そんなかなあ。小難しい理屈をこねるつもりはねえけど、一緒の建物に住んでるんだから、挨拶くらいはしてえなあって。近頃はよ、住人同士が出くわしたって、目え逸らして、スッと行っちまうもんな」

ここまでの答え合わせに納得して、一絵はひとり頷く。

「しかし菅さんにしても、ルールを破ってまで続けるつもりはなかった。だから望月が、〝大滝マンションの共用部である廊下に椅子を持ち出して、そこに座ってお酒を飲むのは規約違反です〟とお伝えしたところ、菅さんはあっさりと納得してくださった。ところが二日経つと、菅さんはまた長椅子を廊下に持ち出した。私たちが菅さんに規約違反をお伝えしていたところを目撃している美代さんは、菅さんにやめろと注意したはずです。しかし、菅さんは聞く耳を持たなかった。普段は美代さんの言いつけを聞くはずの菅さんが、なぜそうまでこだわったのか？　前の日に、頼まれたからではないんですか？」

「頼まれたって、誰にだよ？」

「104号室の笹原さんです」

菅が押し黙る。

「笹原さんは、二ヵ月前からお友だちの女性を自分の部屋に泊めていた。お友だちをかくまっていたのだと考えられます。おそらくその女性は、DVのパートナーから逃げ出してきたのですね？」

菅は黙ったままだった。

明日香がこくりと頷いている。昨夕、彼女はその答えに行き着いていた。

「私は元警察官です。これまで同様のケースと何度か出合いました」

菅が一絵のほうを見やった。だが、なにも言わなかった。

「いったんは廊下に長椅子を置くことをやめた菅さんでしたが、笹原さんと偶然顔を合わせた際にこう頼まれた。自分が勤め先から戻る前の一時間ほど、これまでのように廊下に出ていてくれないかと。日中、お友だちは引っ越し先を探すなどで外出しているのでしょう。しかし、笹原さんの部屋に戻ってひとりでいるところに、男が訪ねてくるかもしれないと案じたんです」

するとと菅がやっと口を開く。

「その男っていうのが、友だちにひでえ暴力を振るってたらしいんだ。腹を殴ったり、髪を摑んだり」

彼が小さく何度か首を振った。

「笹原さんは、自分のとこに逃げてきているのを突き止められるかもしれねえって心配していた。ほんとなら、ずっと見張ってたほうがいいんだろうけどよ、俺っちも勤めがあるしな。それに、あんまり目立ってもいけねえってんで、一時間だけああやって廊下に出ることにしたんだ。もちろん、なんか騒ぎがありゃあ、うちん中にいたって分かるから、すぐに飛び出すつもりでいたよ」

一絵は、さらに自分の考えを伝える。

「いつもなら、〝こんばんは〟と挨拶を交わしていた菅さんと笹原さんが、金曜だけは違っていた。〝ただいま〟と笹原さんが声をかけてきた。それが、お友だちの引っ越しが決まったという合図だったのですね。彼女がいつもより早く帰宅したのは、引っ越しの手伝いをするためです。それを察した菅さんは、〝これでおしまいにするよ〟と言って、部屋の中に入った。そして翌日の土曜、笹原さんのお友だちは大滝マンションから出ていった。しかし菅さんは、ふと心配になった。ＤＶ男が今度は笹原さんを狙うのではないかと考えたからです。女性の行方を聞き出そうとする男から笹原さんを守るために、菅さんはこうして見張りを再開したのですね」

菅は真っすぐ前を向いたままで言う。

「笹原さんは、友だちを置いている理由を大家にも伝えねえくらい、周りには徹底して秘密にしていた。ひとりきりで友だちを守ろうとしていたんだ。そんな人から、助けてほしいって言われたら、一絵さんだってそうするだろ？」

一絵は、菅の横顔に向かって頷いた。

「それで、今度はその人自身が危ない目に遭うかもしれねえんだ。守ってやりてえって思うよな？」

再び一絵は頷く。

「菅さんは、明日も見張りに就くのですね？」

「ああ」

「私も来ましょう」

由紀の帰宅は七時過ぎだ。そこで明日香と一絵は六時半に大滝マンションに着いた。すると、101号室の前にはすでに長椅子が置かれ、菅と見慣れない男性が楽しそうに酒盛りしていた。

「よお」

と、ふたりに気がついた菅が陽気に声をかけてくる。

「彼、里奈の婚約者の大輝君」

大輝が長椅子から立ち上がり、挨拶した。背が高く肩幅ががっしりしている。

「ラガーマンなんだよ、な」

菅がなんとも頼もしげに紹介する。

「草ラグビーですよ。仲間でクラブチームをつくってます」

と照れ笑いする。

「このふたりは近所のトラブルを解決するために来てるんだ。一絵さんと望月さん」

すると大輝が菅に目をやる。

「じゃ、里奈さんが言ってた――」

菅が頷く。

大輝が今度は明日香と一絵に向き直る。

「やはり、廊下でこうしているのはまずいんでしょうか？」

それに対して一絵が応える。

「大家さんからの相談を受け、私たちは菅さんに分かっていただくために訪問していました。しかし、今日は違います。菅さんに協力するために来ています」

「協力？」

大輝は不思議そうな顔をしている。だが、菅がなにも言わないので一絵も、「今日は、里奈さんから説得を頼まれていらしたのですか？」と話を逸らす。

「いえ、ただお義父《とう》さんと飲もうと思っただけですよ」

菅はまんざらでもないらしく、「これ」と柿ピーの袋を大輝に差し出す。

「おお、のんのん米菓《べいか》の柿ピーじゃないですか！　柿の種7対ピーナッツ3を黄金比とするのが大手菓子メーカー。しかし僕は、柿の種6対ピーナッツ4、いや、5対5に近いのんのん米菓製を口いっぱいに頬張るのが好みなんです！　さすがお義父さん！」

どうやら菅には、よい理解者がいるようだ。

菅が立ち上がると、ドアを開けて部屋の中に声をかける。

「おーい、酒持ってきて」

すると、未来の娘婿《むすめむこ》が訪問していて上機嫌らしい美代が、いそいそと冷えた缶チューハイを持ってくる。おまけに、明日香と一絵にまで愛想笑いを振りまいた。

菅が無言で美代から缶を受け取った。今日の彼は少し威張っている。夫婦とはこんなものだ、と一絵は思う。

「ちょっと菅さん、これ、食べてくれる？」

そこに半田カズが、密封ポリ容器を持ってきた。

菅が、ふたを開けると炒り鶏である。

「お、こりゃうまそうだ」

彼が満面の笑みを浮かべる。すぐに大輝のほうを見て、「いただきなさい」と勧める。

「はい、割箸もありますよ」

とカズが差し出す。

「半田さん、すみません」

と美代も礼を言う。

カズが一絵のほうに顔を向け、にこりとする。一絵も頷き返す。「半田さん、炒り鶏なんですけどね、きっと喜んでお裾分けにあずかりたい人を知ってますよ――」そう勧めたのは一絵だった。

「ちょっとぉ、共用部でなに大騒ぎしてるのよ！」

声のほうに目をやると、恵子がぶすっとした顔で立っていた。

彼女が、一絵を睨みつけてくる。

「あんたらも一緒になって！　これじゃ、なんのために雇ったのか分からないよ！」

その時、恵子の背後を男がひとり通り過ぎていった。紫煙《しえん》のにおいが鼻先をかすめる。男はくわえタバコだった。

男は中背の筋肉質で肩幅が広い。三十代後半といったところだ。髪をツーブロックに刈り、かっちりと整えている。ハイブランドの黒いセットアップジャージに身を包み、レザー製の真っ白なスニーカーを履いている。彼は１０４号室の前に立つと、タバコをくわえたままドアチャイムを押した。返事がないと、苛々したように何度もチャイムを押し続けた。それでも反応がないと、握った手でドアを乱暴に叩き始めた。

「なにしてんのよ⁉　それに、廊下は禁煙だよ！」

恵子が大声で言うと、男が冷たい視線を向けてくる。目つきの鋭さに、恵子が首を竦めた。

今度は男の視線が、一点を捉えていた。振り返ると、由紀が帰ってきている。男は由紀を見ていた。

男がタバコを捨て、ぴかぴかのスニーカーで踏み消すと由紀に尋ねた。

「あんた、笹原さん？」

由紀は凍りついたように動けないでいた。明日香と一絵は盾のように彼女の前に立つ。

「あんたのところに、愛美《まなみ》はいるか？」

菅が長椅子から立ち上がると、明日香と一絵のさらに前に立ちはだかり男と向かい合った。

「いません！」

由紀がはっきりと応えた。

菅が振り返り、大丈夫かい？　といった目で見る。由紀が頷き返した。

元気を取り戻した恵子が逆襲する。

「なんだか知らないけど、居候《いそうろう》なんて許すもんかい！」

「ババアは引っ込んでろ！」

男が乱暴な口を叩く。

それに対して言い返したのは菅だった。

「この野郎、帰りやがれ！」

菅のすぐ後ろには体格のよい大輝が立っていて、男は気にするようにちらちら視線を送っている。

「愛美はどこにいる!?」

「知りません！」

由紀が応えた。

一絵が告げる。

「正当な理由なく、マンション内に立ち入れませんよ。住居侵入罪になります」

明日香がスマホを取り出した。

「警察に連絡します」

威嚇するように伝えた。

人々からじっと見つめられ、男は仕方なく立ち去ろうとした。

「ちょっと待て！」

と菅が声を上げる。

「吸い殻を拾っていけ。ここは住人の共用部だ」

ケンカを吹っかける男とDV男が真っ向から対峙《たいじ》していた。

「拾え」

と菅が低い声で言い、今度は、

「拾え！」

と怒鳴りつけた。

男は舌打ちすると吸い殻を拾い、その場をあとにした。

「わたし、本当に知らないんです」

男がいなくなると、由紀が言った。

「愛美は、〝これ以上迷惑をかけたくない〟って、引っ越し先を言わなかったんです」

「で、菅さんは、今でも廊下でお酒を飲んでいるの？」

と陶子が訊く。

「いや、もうしていない。マンションの人たちと一緒に、笹原さんを見守ると言ってくれた」

明日香と一絵は、由紀に同行して所轄にストーカー被害を届け出た。あの男には傷害の前科《マエ》があることが分かり、警察は由紀への接近禁止命令を実施するとともに警邏《けいら》に力を入れる、と。なにより大滝マンションの住民が一致団結してくれたのが心強い。カズから聞いたところでは、恵子は少し人当たりがよくなったそうだ。カズがこしらえた和菓子を食べながら、茶飲み話に花を咲かせるのだとか。

今夜は、陶子が湯豆腐にしてくれた。小さな土鍋で、絹ごし豆腐がゆらゆら揺れている。それを眺めていると安らぎを感じた。一緒に煮る野菜は、ワサビ菜。鍋底に昆布《こぶ》を敷いた湯に、ワサビ菜をさっとくぐらせてポン酢醤油で食べる。ワサビ菜は、茹でると意外なほどに香りが立つ。一絵は、ほろ苦さを楽しんだ。

「リョウちゃんて、ほんと湯豆腐が好きよね。涼しくなってくると、もうすぐに湯豆腐にしようって」

亡くなった父のわずかな記憶に、湯豆腐を肴に飲んでいる姿がある。だから、自分も湯豆腐を好むのかもしれない。父は、湯豆腐の具にタラの切り身を入れた。薬味は刻みネギと削り節だった。鍋の中子《なかご》に薬味を入れ、温めながら食べていた。幼い自分は、なんでこんなものがうまいのだろう？　と不思議に思ったものだ。

「菅さん、外で飲むのをやめてよかったわね。もう夜は冷えるし」

「ああ」と応えてから、「牡蠣《かき》ご飯をもらうかな」と言った。

第四章　たむろする若者たち

1

「どうしました？」

と明日香から言われ、一絵は戸惑う。そう尋ねたかったのは、まさに自分のほうだったからだ。

「望月さんが遅刻するなんて珍しいなと思ったんだ」

するとと彼女が不思議そうにしていた。

「え、だって一絵さん、六時十分の少し前って言いましたよね。だから、あたしそのとおりに来たんですけど」

「いや、私は六時十分前と言ったはずだけど」

「だから、六時八〜九分くらいかなって……」

なんと、今の若者の解釈だとそうなってしまうのか⁉

十一月に入って最初の土曜日だった。会社は休みだが、相談者の依頼でこの時間にふたりは待ち合わせたのである。

「ちなみに訊きたいんだけど、千円弱っていうと、望月さんは幾らになると思う？」

「〝千円弱〟ですか？　あまり使わない言葉ですけど……そうですね、千円プラス少しかな」

「つまり、千円より少し多い金額ということになるわけだ？」

「はい」

「私たち世代は、千円弱と言えば、千円よりもやや少ないことを意味する」

明日香からは、「へえ」と無関心そうな声が返ってきただけだった。

一絵は世代間ギャップを感じるが、ため息を呑み込む。今後は意思疎通を欠かないよう丁寧な確認が必要らしい。

「では行こうか」

気を取り直して、そう声をかけた。

『レッドサークル』の駐車場にいたふたりは、店舗に向かう。西武《せいぶ》新宿線の上井草《かみいぐさ》駅から徒歩十五分ほどの住宅地にあるコンビニのフランチャイズストアだった。

出入り口のすぐ脇に高校生くらいの若者が寄り集まっているのを、一絵は目の端に捉える。その数五人。

中に入り、真っすぐにレジカウンターへと向かう。レジは三つ。夕食の買い物をする時間帯とあって、レジ待ちの列ができている。一列に並んで、空いたレジへと向かう方式――いわゆるフォーク並びが、床面の表示で誘導されている。明日香と一絵は最後尾に並んだ。

順番が来ると、出入り口に近いレジへと向かう。明日香が、レジにいる赤い制服姿の若い男性スタッフに社名を名乗り、店長に会いたい旨を伝えた。彼が心得たようにカウンターから出てきて、「こちらへ」とふたりを店の奥にあるドアの前へと案内する。

一絵は昨日、電話で店長の佐和田《さわだ》に六時過ぎに訪ねると伝えてあった。佐和田はスタッフに、自分に来客があることを予《あらかじ》め告げていたのだろう。

スタッフがオートロックを解錠し、明日香と一絵を中に入れてからドアを閉めた。店の照明よりも少し暗いバックヤードの商品棚の列を通り過ぎると事務所で、壁に面して置かれたデスクの前に赤い制服の男性の背中があった。カツカツというキーボードを叩く音がしている。

「店長、近隣トラブルシューターの方が見えました」

スタッフが声をかけると、男性が回転椅子に座ったままでこちらを向く。四十代後半ぐらいで、年齢のわりに真っ黒な髪をオールバックに撫《な》でつけていた。メタルフレームのメガネを掛けている。

役目を終えたスタッフがその場を去っていった。

「佐和田です」

そう名乗ると、彼が立ち上がった。明日香と一絵は近づいて行って名刺交換した。

佐和田が、「お掛けください」と右手で横長の打ち合わせテーブルを示した。

再びデスクの回転椅子に腰を下ろした佐和田と向き合うように、明日香と一絵はテーブルの前に置かれた椅子に並んで座った。佐和田とは、テーブルを挟んで対面する形になる。

「ご覧になられましたか？」

と佐和田に訊かれ、

「ええ」

と一絵は応えた。

一絵は五時五十分に明日香と待ち合わせをし、コンビニの前の様子を確認してから店長に会うつもりだった。明日香と行き違いがあったにせよ、店長との約束の時間に支障はない。

「ああして毎日、店の前にたむろしているんですよ。もうずっと、ここ何週間もです。とうとうお客さまから、〝店に入りにくい〟〝感じが悪い〟とクレームが入りましてね。一日も早く対処しなければと。それで、土曜で貴社は休業だということらしいけど、来てもらったわけです」

佐和田が苦渋の表情を浮かべていた。

先ほど店の前で見た五人の高校生に、長時間にわたって居座らないようにしてもらいたいというのが今回の相談だった。

「だからといって、追い払うようなまねはしてほしくないんです。みんな大切なお客さまなわけですから。彼らの家族に訴えたり、学校に連絡するのもやめてください。騒ぎになるのは困ります。お客さまの印象が悪くなるようなことは、くれぐれもないように願いたい。印象――そう、印象が大切なのです。店の前に若者がずっとたむろしているというのは、店にとって印象がよくない。なにがよくないかと言えば、店側がそれを放置していると取られることがなんです。レッドサークルの駐車場に、若者たちが我がもの顔で居座っている。それを店は放っておいてるじゃないか。きっと一事が万事そうなんだ。店の清掃も、食品衛生も、みんなだらしないに違いない。こうした印象を抱かせるのは、断じて避けたい。だから、排除《はいじょ》……いや、違うな、払拭《ふっしょく》……これも違うか……まあ、ともかくやめさせていただきたいんです」

佐和田は、一気にしゃべった。そして、さらに続ける。

「コンビニの経営は大変なんですよ。商品の仕入れや本部へのロイヤリティの支払い……私の年収なんて、大企業の課長にも及ばない。それで気苦労ばかりが多い」

そこで急に恥じ入ったように、「失礼、愚痴っぽくなりました」と言う。

一絵は訊いてみる。

「彼らは、この近所に住んでいるのでしょうか？」

「あの子たちは、息子の中学時代の同級生です」

そう聞いて驚く。明日香と思わず顔を見合わせていた。

佐和田は小さく空咳《からぜき》する。

「悠斗《ゆうと》は――高校生の息子なのですが――土日と月曜の夕方、うちでアルバイトをしているんですよ。勉強もあるんで、まあ、短い時間ですがね。そう、あなた方おふたりをここに案内してきたのが悠斗です」

一絵は、赤い制服を着た若い男子を思い出した。前髪の下の目は、まだあどけなさを宿していた。

「同年代なので悠斗に尋ねたところ、自分の中学の同級生だと」

「なるほど」

「それなら、おまえからやめるように説得してくれないかと悠斗に頼みました。しかし、悠斗が掛け合っても聞き入れてもらえなかった」

「つまり、悠斗さんが一度は交渉しているということなのですね？」

「ええ。しかしお伝えしたように、相手から拒絶されています。それで、貴社に相談するに至ったわけです」

「対象者たちは――あの若者たちを指すのですが――自分たちがなぜ店の前にたむろするか、その理由を悠斗さんに伝えましたか？」

「いいえ。教えてくれなかったそうです」

「では佐和田店長に、なにかお心当たりはありますか？」

「それは、つまり私が彼らに恨みを買っているのではないかという意味ですか？　なにかの仕返しでああしたことをされているのではないかと？　だったら、まったく心当たりがありません。店のスタッフの誰かとトラブルになっているのではと考え、確認しましたが誰も思い当たるところはないと」

「ところで対象者によるお店の実害はどんなものですか？　たとえばゴミを散らかすとか、

大声で騒ぎ立てるとか」

「そういうのはないですね。ただ、ああやってお店の前にいるだけです。しかし、ゴミや騒音がないからといって被害がないとは言えません。すでに、お客さまからクレームがあったのですから。なにより第一に店のモラルが問われるのです」

「モラル、ですか？」

佐和田が一絵に向けてしっかりと頷く。

「彼らの存在について見て見ぬふりをし続けることなどあってはならないという店のモラルです。ひいては店長である私のモラルが問われているのです。店も私も、常に正しい立ち位置にいなければいけない」

佐和田は再び軽く咳払いすると、さらに続けた。

「口幅《くちはば》ったいことを言うようですが、このコンビニ以外にも私は賃貸マンション一棟を経営しています。近所でもそれを知っている人は知っている。常に問われているんですよ、私の行動は」

「つまり近所の人たちから、好奇の目で見られていると？」

「そう取っていただいても結構です」

「だから、付け入る隙を見せたくない？」

「ええ、そんなところです」

　少し間を置いてから彼がぽつりともらす。

「まったく、なんだって選《よ》りに選ってうちの店の前なんだ。ほかにいくらだって、行くところがあるだろうに……」

「やはり、あえてこのコンビニが選ばれたということはないでしょうか？　佐和田店長は先ほど、〝店のスタッフの誰かとトラブルになっているのではと考え、確認しました〟とおっしゃいました。ご家族には確認しましたか？」

「もちろん確認しました。妻にも心当たりはないと」

「悠斗さんは？」

　佐和田が少し苛立ったように返してくる。

「ですから、さっきもお伝えしたとおり、悠斗に彼らとの交渉を任せたわけじゃないですか。彼らとトラブルがあれば、悠斗も交渉役を引き受けないでしょう」

「しかし、交渉は決裂した」

「一絵さん、あなたはなにが言いたいんですか？」

「悠斗さんは、彼らと中学時代に親しくしていたんですか？　あるいは、今も親しくしているとか？」

「さあ」

と佐和田が首をかしげる。

「悠斗は、ただ中学時代の同級生だと言っていただけなのでね」

そこで、彼がまた空咳をする。

「ともかく、手に負えないので貴社にお願いしたわけなんです。よろしくお願いしますよ」

佐和田の声に送り出され、バックヤードをあとにした。店を通り抜ける際、一絵はレジにいる悠斗にちらりと目をやった。悠斗は客の対応をしていた。

店を出ると、三十分ほど経っただけなのに夜はさらに濃さを増していた。その中で、店の明かりに照らされ、少年たちが円陣を組むように立っている。まだコートを羽織るほどではない。明日香も一絵もスーツ姿だった。若い彼らは、パーカやジーンズ、ジャージやニットに身を包み、なにを語り合うでもなくじっと佇んでいた。五人の中に、ひとりだけ少女が交じっている。黒髪の、冷たい水のような美少女だった。

一絵は、明日香と目を見交わした。大滝マンションの菅のケースと同様に、「あたしが――」というように明日香が頷いてくる。相手は高校生だ。一絵が声をかけるよりも威圧感がないだろう。明日香に任せることにする。

明日香が歩み寄り、「あの、ちょっと」そう声を発した途端、彼らはその場からすぐに立ち去っていった。

「え……」

明日香がとらえどころのない表情をしていた。

「なんなんですか……これ？」

おぼつかなく訴えてくる。

一絵は素早く店のほうを振り返った。ガラスドアの向こうで、レジ越しにこちらを窺っている悠斗の姿があった。悠斗からは、こちらが見えるのだ。一絵と目が合うと、悠斗は素早く視線を逸らした。

「どうしたんですか？」

明日香が不思議そうな顔をしている。

「悠斗さんが、こちらを見ていたようなんだ」

彼女が店に顔を向けようとするのを、「振り返らないで」と止めた。そして、「まずは佐和田店長に報告しよう」と言う。

「はい」

ふたりで店内に引き返す。そしてレジにいる悠斗の前に立ち、店長への再度の面会を申し入れる。

一絵は、悠斗が外の様子を密《ひそ》かに見ていたことについてなにも言わなかった。悠斗のほうもなにも口にしない。

レジから出てきた悠斗に続き、明日香と一絵は店の奥に向かう。オートロックを解錠し、ふたりをバックヤードに招き入れると、あとは分かるだろうといった感じで悠斗は出て行った。どうやら、自分たちとあまり話をしたくないようだ。

先ほどと同様に、商品棚の横を通って奥の事務所へと歩を進める。やはりデジャヴュのように、佐和田が制服の背を向けてパソコンのキーボードを叩いていた。気配を感じた彼が、座ったままで椅子を回転させる。あまりに早く引き返してきたふたりを意外そうに眺めている佐和田に、「声をかけたところ、すぐに彼らは立ち去りました」と一絵が報告する。

「悠斗さんは、彼らと違う高校に通っているのですよね？」

「今度の件で確認した際に、悠斗はそう言っていました」

「先ほどと同じような質問になりますが、対象者の中に特に親しくしている相手がいると悠斗さんは言っていませんでしたか？」

一絵の中には、ひとりだけ交じっていた少女の横顔があった。

「さあ。息子はあまり話しません。分かるでしょう、あの年代の子は、父親と会話を交わしません。別に住んでいるせいもありますし」

「悠斗さんは、ご両親と別居しているのですか？」

「私が経営している賃貸マンションの一室に住まわせています。そのほうが勉強に集中できるというので、許しました。甘やかしかもしれませんが、それで成績がアップして上位大学に入れればいいんですから」

「賃貸マンションというのは、このお店の横の路地を入ったところにある五階建ての？」

「ええ」

　レッドサークルの横に、一車線道路ほどの幅がある路地が真っすぐに延びている。そこに佐和田が経営している五階建ての賃貸マンションがあった。マンションの隣には建て売りらしい同じ造りの白い一戸建て住宅が五棟、道を挟んで向かい側には同じ建て売りが十棟並んでいる。

　今日、早めに到着した一絵は、その路地を歩いてみた。

「両側にマンションと住宅が建ち並ぶ路地の突き当り、庭のある二階建てが佐和田店長のお宅ですね？」

　先ほど歩いた際、表札を確認したのだ。

「立派なお住まいです」

一絵の言葉に対して、「いやあ」と謙遜する素振りをしてから話を続ける。

「このコンビニを含む一角は、農地でした。父はそこで近郊農業を行い、都心の老舗ホテルや星付きレストランに新鮮な野菜を供給していたんです。父の死後、私が土地を相続しましたが、納税のために十五戸の建て売りが立っている部分の区画を売却しました。すなわち、マンションの隣に立つ五軒分と道を挟んで建っている十軒分の土地です。自宅も、マンションも、コンビニもすべて借金をして建てたんです」

「道は私道ですか？」

「ええ」

真っすぐに延びた路地は、突き当りの佐和田邸の前でT字路になっている。T字路の左側の道の先は真っすぐに延びているが、右側の駅へと向かう道はキャスター付きのアルミゲートで閉ざされていた。アルミゲートの向こうにも道が走っている。だが、ゲートがしっかりと施錠されているため、私道内には立ち入れなかった。

明日香と一絵はバックヤードを辞し、明るい店内に続くドアを押し開けた。レジ近くで一絵は悠斗に向け、「失礼します」と声をかける。目礼で返した彼の前を通り過ぎ外に出た。

店の前に、先ほどの若者たちの姿はない。

「明日も来ることにしよう」

「さっき、あたしが声をかけただけで立ち去った彼らが、また集まるだろうと？」

頷いて応えると、明日香が呟く。

「菅さんの時のように長期戦になりそうですね」

「日曜出勤になってしまうけど」

そう気遣うと、「大丈夫です」と彼女が応える。そのあとで、「明日も五時五十分でいいですか？」と待ち合わせの時刻を確認してきた。少し笑ったのは、一絵との間で交わされた〝六時十分前〟のやり取りを思い出したからだろう。

「いや、四時にしよう。行ってみたいところがあるんだ」

明日のプランを伝え、今日は解散することにした。

「一絵さんは、どうやって帰ります？」

杉並《すぎなみ》区の上井草からなら、一絵が暮らす練馬区の大泉学園までバスがある。だが、これから行くところがあった。

「東京駅に向かう。息子に会うことになっていてね」

「へー、息子さん」

「ああ。この春に大学を卒業したんだ」

「じゃ、あたしよか四つ下になるんですね」

そう言われて、改めて世代間ギャップを感じた。

西武新宿線とJRを乗り継いで東京駅に着くと八時を過ぎていた。達也とLINEでやり取りして落ち合い、地下街にある寿司屋に入った。

達也が改めて一絵を見やる。

「土曜なのにスーツ着て、仕事だったの?」

そう言う彼もスーツ姿だった。身長が一九〇センチに近く細身の達也は、ズワイガニのように手足が長い。並んでカウンター席に座り、生ビールを頼む。

「つまみにマグロでも切ってもらう?」

達也の提案に、一絵は首を振った。寿司屋に入ったら、寿司を食うのが自分の主義だ。生魚《なまざかな》ではなく、煮詰《ツメ》めを塗ったアナゴやシャコ、芽ネギなど、ビールに合いそうな寿司ダネをシャリを小さめに握ってもらう。

「父さんはゆっくり食事するのが好きなのに、慌ただしくなってごめん」

達也は十時台ののぞみで京都に戻る。

彼はこの春、東京大学を卒業し警察庁に入庁した。警視庁は、言い換えれば東京都警察本部である。東京都を管轄区域とする、他の県警や道警、府警と横並びの組織だ。警察庁とは、各都道府県警察を統括する中央機関である。国家公務員上級試験に合格した達也は、いわゆるキャリアだ。

東大卒業後、達也は警察大学校に入った。警大は、都道府県の警察幹部を養成する教養施設である。上級幹部として必要な教育・訓練のほか、柔剣道や逮捕術、射撃など警官としての基礎訓練も受けた。その後、京都府警に配属。短い交番勤務ののち、所轄署の刑事課で係長の任務に就いたばかりだ。

「昨日から東京に来てるんだけど、予定がびっしりでね。こんな時間になってしまった」

所轄業務の合間にサッチョウ本部に研修で呼ばれ、昨夜は公務員宿舎に泊まったらしい。

陶子が、「どうしてあの子はうちに寄らないの？　それにリョウちゃんとふたりきりで会うなんて」とむくれていた。「きっと勤務に就いたばかりで、現場の話がしたいんだろう」と一絵はいなしておいたが、予想どおり達也はさっそく興奮ぎみに語り始めた。

「迷惑防止条例違反の捜査に駆り出されてさ。地元の人間じゃないから、面《メン》が割れてないってことからなんだろうね。先斗町《ぽんとちょう》で客引きが寄ってきて、こっちが断り、すぐに引き下がればお咎《とが》めなし。だけど、つきまとうと迷惑防止条例に抵触するわけ」

一絵が若い時分には、十三歩ルールというのがあったのを懐かしく思い出す。十三歩つきまとうとアウトだ。

「あ、それからさ、特殊詐欺のマルガイにコミに行ったら、ニセ刑事と疑われたみたいで、あとから通報されちゃって。署に帰ったら、〝係長、なにしたんや？　一一〇番入ってるで〟って先輩に笑われてね。〝係長〟という呼び方にトゲがあるんだなあ」

コミは聞き込みの略語だ。関東では地取りと呼ぶ。私服の捜査官になるには場数が必要だ。いきなり刑事でございと出張《でば》っても、挙動が怪しく見えて当然だ。その先輩警官の気持ちも理解できる。ノンキャリのやっかみなどではなく、すぐにサッチョウに戻る腰掛け係長のお守りを押しつけられた身にもなってほしいというところだ。当然反発もある。

「この前なんて、殺しで挙げた被疑者《マルヒ》をアイワッパで、新山口から京都まで新幹線で押送《おうそう》したんだ。ほんと、緊張したなあ。マルヒは諦めたのか涼しい顔してたけど、こっちにしてみれば長い道中だった」

アイワッパとは、被疑者と自分の手首をつなぐことだ。達也は楽しそうに話しているが、アイワッパも現場の猛者《もさ》からの洗礼だ。しかし、そうしたなにもかもを糧《かて》としてほしい。

達也が乗るのぞみの時間が近づいて店を出る。

「ごめん、慌ただしくて」

と、再び彼が謝る。

「無理に時間をつくってくれなくてもよかったんだぞ」

と一絵は返した。

「でも、心配だったんだよ、父さんのことが」

「心配、なにが？」

「分かるだろ？」

ふたりして黙っていた。

しばらくして達也が口を開く。

「父さん、警察に戻りたいんじゃないのかい？」

なにも返そうとしない一絵に、達也は寂しそうな顔をしたあとで言う。

「飲んでるから言うけど、父さんの背中を見て、俺は警察官になろうと思ったんだ」

「ありがとうな」

2

翌日の夕方四時、上井草のレッドサークル前で明日香と落ち合った。そのまま悠斗が暮らしているマンションに向かう。

佐和田の経営する賃貸マンションは鉄筋の五階建てで、各階四世帯が並ぶ構造になっている。悠斗が暮らしているのは三階の左端で、ベランダに張られたグリーンカーテン用のネットが見える。手すりがあって、ネットの下の部分は確認できないが、ネットが覗いている部分に伝っているツルや葉が枯れ始めた気配はない。

先ほどレッドサークルの店内をドア越しに眺めてきたが、悠斗は今日もレジにいた。オートロックのない出入り口からマンション内に明日香と一緒に入り、エレベーターで四階に向かう。日曜日とあってか、悠斗の部屋の隣のドアホンを押すと、「はい」と二十代～三十代くらいの女性の声が出た。

一絵はドアホン越しに話しかける。

「近隣トラブルシューターという会社の相談員です」

「え、そんな会社があるんですか？」

と女性の声は不審げだった。背後で、はしゃぎ回る幼い子どもたちの声がしている。

「大家の佐和田さんの依頼で来ました」

まあ、佐和田からの依頼の一環であるのは事実だ。

「お隣に大家の息子さんが居住しているのはご存じですか？」

「ええ、知っています」

女性は多少疑いを解いたようだ。

「若者のひとり暮らしなもので、騒音などでご迷惑をおかけしていないか確認してほしいと頼まれまして」

「まあ、大家さんにお気遣いいただいたのですね」

「ええ、そうです」

「騒音ということでしたら、うちのほうがご迷惑をかけてるんじゃないかしら」

そう言うのは、背後の子どもたちの声を指しているのだろう。

「お隣に誰かが訪ねてくるようなことはありますか？」

「以前はよく、同年代のお友だちが訪ねてきていましたよ」

「お友だちは数人で連れ立って来ていましたか？」

「そうですね。だいたい日中に来て、夜になると帰っていく感じです。皆さん、おとなしいですよ」

「〝以前はよく〟とおっしゃいましたが、最近ではどうです？」

「あまり来ていないんじゃないかしら」

一絵は礼を言って、ドアの前から辞した。

「一絵さん、これって――」

アパートの外に出ると明日香が言ってくる。

「悠斗さんの部屋を訪ねていたのは、おそらく彼らだと思う」

「昨日、一絵さんは、レジにいる悠斗さんが店の外にいる対象者の姿を見ていたようだと」

一絵は頷く。

「外にいる彼らからも、悠斗さんの姿が見える」

「それに気がついた一絵さんは、悠斗さんと対象者に今もつながりがあると考えたんですね。そして、悠斗さんの部屋を彼らが訪ねているか情報を得ようとした」

「いや、そこまでは分からなかった。悠斗さんがどんな行動をしているか、その一端でも知ることができたらと思ったまでだ。彼らが部屋を訪ねていたのが分かったのは、まったくの偶然だよ」

明日香がなにか考えているようだった。そうしてそれを口にした。

「悠斗さんが見える位置に彼らが立っているということは、悠斗さんの指示で彼らがそうしている可能性はありませんか？」

「つまり悠斗さんが、彼らをレッドサークルの前にたむろさせている、と？」

明日香が頷いた。

「可能性としてはあるが、では、なんの目的で？」

「あそこに彼らがたむろすることを一番嫌がっているのは、佐和田店長です。悠斗さんがそれをする理由としては、父を困らせたいから」

「やはり、可能性としてはあるな」

「あくまで可能性として、なのですが――」

「いずれにせよ、誰かの意思を受けて彼らはああした行動をとっている。それは悠斗さんの意思なのかもしれない。はっきりするまで、悠斗さんも彼らの一味と判断して調べを進めよう。現に悠斗さんは、最近まで自分の部屋に彼らが出入りしていたのを黙っていたのだし」

レッドサークルに向かうには、まだ時間的に余裕がある。昨日、佐和田邸の前まで行っていない明日香と私道を歩くことにした。

「子どもが書いたんですかね？」

と明日香が路面を眺めて言う。

「ああ、ろう石《せき》だよ」

「ローセキ？」

「鉱物の一種なのかな。昔はコンクリート塀やアスファルトの路面に、こうして落書きしたものだよ。こすれば消える。こすらなくても、そのうち自然に消える」

T字路を佐和田邸の前まで来ると、明日香が左右を見渡す。

「なるほど、道の片側は出入りできるのに、片側はゲートで塞がれているわけですね」

その閉まっているゲートのあちら側に、今しも高校生くらいの少年がひとり立った。

「一絵さん、あれ。対象者のひとりですね」

明日香が目ざとく言う。

「行こう」

「そっか。対象者は五人揃って来るとは限らない。ひとりずつ説得していこうというわけですね。そのほうが、話を聞いてくれやすいし、情報も得られる」

「そういうことだ」

彼は胸元の高さまであるゲートの錠前の辺りを、向こう側から首を伸ばすようにして覗き込んでいた。しかし、人が近づいてくる気配に顔を上げる。そして、昨夜レッドサークル前で会った明日香と一絵を覚えていたらしく、慌ててその場を立ち去ろうとした。

「待ちなさい！」

一絵が後ろ姿に声をかけると、びくりと肩を震わせ立ち止まった。そして、諦めたように引き返してきて、ゲート越しに向かい合った。

一絵が今度は穏やかに尋ねる。

「昨日の十八時過ぎ、友だちと一緒にレッドサークルの前に立っていましたよね？」

彼は目をぱちくりさせていた。ミリタリー調のグリーンのボンバージャケットに迷彩柄のカーゴパンツ姿で、髪を短く刈っている。

「警察の人ですか？」

おずおずと訊き返してくる。

「近隣トラブルの相談を受ける会社の相談員です」

「トラブル！　僕らのしてることが、迷惑になってるってことですか？」

彼は非常にうろたえていた。

「きみには、お店の迷惑になっているという自覚がある？」

〝きみたち〟ではなく、〝きみ〟と限定することで圧力をかける。ただし、やりすぎてはいけない。

「店に迷惑をかけるつもりなんてないです。迷惑になってるなら、僕はすぐにやめます。僕が言い出したことじゃないし」

「みんなで、よく悠斗さんの部屋に集まっていましたよね？」

「悠斗の高校は進学校なんです。そこの連中とは気が合わないって言って、僕らと遊ぶようになったんです」

「彼の部屋でなにをしていたんですか？」

「なにって、一緒に映画を観てました」

「映画？」

「ええ。ＤＶＤとか、ビデオとかで」

「ビデオテープ……。では、古い映画ですか？」

「昭和の映画です。いっぱいあるんですよ、悠斗の部屋には」

「悠斗さんは、映画が好きなんですか？」

「あいつ、脚本家志望なんですよ」

「ほう」

「昔の映画にもやたらくわしくて。それで悠斗のチョイスで映画を観たり、あと、植物を育てたり。あ、植物っていうのもヘンな言い方かな……」

「どんな植物を育てていたんですか？」

彼が押し黙る。

「まさか――」

「麻薬みたいな、違法なものじゃありませんよ！」

むきになってそう否定する。

「もう来ませんから！　ほんと、もう関係ないんで！」

ゲートの向こうの道を、小走りに立ち去っていった。

「植物って、なんなんでしょう？」

いぶかしげな表情の明日香に、「彼が言うとおり、違法性のあるものではないんじゃないかな」と一絵は返した。悠斗の部屋のベランダに見えたグリーンネットが気になっていた。

「なんだか、追い払ったみたいになってしまった」

佐和田は、今のやり方がお気に召さないかもしれない。

「彼は、〝店に迷惑をかけるつもりなんてないです〟と言っていました。〝僕が言い出したことじゃないし〟とも。彼は首謀者ではないということですね」

「言ったことが本当なら、そうなるね。そして、悠斗さんが首謀者だという線も、依然として消えたわけではない」

明日香が頷く。

「首謀者を探し出し、店の前でたむろしないように伝えるわけですね。そうして、納得してもらったうえでやめてもらう」

一絵は頷き返した。

「納得しなければ、あれを永遠に続けるだろう。あるいは、目的を遂げない限り」

「なにか目的があるということですか？」

「それも首謀者から訊き出さなくては」

ふと、ゲートの錠前が目に留まる。

明日香も、一絵の視線を追って言う。

「さっきの彼、外側から錠前を覗き込んでましたね。外そうとしてたとか？　だったら、なぜ？」

一絵は腕時計に目を落とす。

「対象者らが店の前に集まるまでには、一時間半近くある。ゲートの向こう側に行ってみよう」

とはいえ、ゲートを乗り越えるわけにはいかない。私道を引き返し、レッドサークルの前を走る旧街道に出る。旧街道は、車の往来が激しいわりに道幅が狭く歩道もない。そして、この旧街道から、ゲートの先に続いている住宅地を抜ける生活道路に行こうとしても脇道がないのだ。脇道を見つけられないまま二十分ほど歩いているうちに駅前まで来てしまった。今度は駅から住宅地の生活道路を歩き、佐和田家の横にある私道のゲートの前まで戻ってきた。

「今の生活道路を通って、駅まで往《ゆ》き来《き》したい人もいるはずだね」

一絵の感想に、明日香も同意する。彼女がゲートの向こうを見つめながら言った。

「佐和田邸の前を通って、生活道路はその先も続いています。佐和田邸の前の部分は私道かもしれません。でも、その私道を通れれば、生活道路を使って駅まで行くことができます。けれど、佐和田邸の前で塞がれているので、駅まで行くには遠回りしないといけません」

一絵は頷く。

明日香がさらに続けた。

「ではなぜ、佐和田邸の前の私道の片側だけが閉じられ、片側が開いているか？　それは、生活道路を通って駅に向かおうとする人を、ゲートで道を閉ざすことによって旧街道に向かわせるためです。そうすれば、レッドサークルに立ち寄るかもしれない。私道の両側に建っているマンションや一戸建てに住んでる人たちも、ゲートが開いていたら、車の通行が多く道幅の狭い旧街道を避け生活道路を抜けて駅に行ってしまう。すると、レッドサークルを利用しなくなる。それだけではありません――」

と明日香が改めてこちらを見やる。

「閉ざされたゲートの先の道には、コンビニがありました」

「ライバル店に客を渡さず、集客数を上げるためのゲートというわけか」

彼女が頷く。

「さっき少年は、ゲートの錠前を外そうとしていたんでしょうか？ だったらなぜ？ ゲートがなくて通り抜けができたら、彼は駅への往き来がもっと便利になるから、とか？」

佐和田がゲートを閉ざす目論見《もくろみ》は分かった。だが、少年がなにをしようとしていたのか、そして彼を含む五人がレッドサークルの前に立つこととゲートが関係しているのかは不明だ。

生活道路を歩いて駅まで行き、再び旧街道を歩いてレッドサークルまで来た。あのゲートさえなければ、といまいましく思っている近隣住民は多いだろう。

レッドサークルの駐車場にいつまでもふたりで立っていては佐和田から非難されそうなので、私道の端にいることにする。

賃貸マンションと戸建て住宅、奥に佐和田邸が建つ私道内は静かだが、レッドサークルの前の旧街道は相変わらず車の往来が激しい。六時近くで、すっかり暗くなっていた。闇の中、歩行者のすぐ横を、ぎりぎりですり抜けるように車のヘッドライトが走っていく。

そんな通りにあって、エアポケットのように現れるガラス越しの明かりで照らされた駐車場はほっとできる空間かもしれない。店に立ち寄る客の気持ちも分かるというものだ。

一絵はレッドサークルの駐車場を眺め、再び振り返って私道を眺めた。マンションや住宅の窓に明かりが灯っている。人けのない私道には、子どもたちがろう石で描いた花や乗り物などの絵や、絵ともいえない直線や曲線が街灯で白く浮き上がっていた。

一絵はあることに気づく。

「佐和田店長がゲートで道を塞いだのは、ほかに理由があるのかもしれない」

「え？」

不思議そうな顔をした明日香の背後で、ふたりの男子が駐車場にやってきた。昨日の五人の中にいた顔だ。ひとりは黒い縁の太いメガネを掛け、袖がレザーのスタジアムジャンパーを着ている。きつめのパーマで髪が渦巻いたもうひとりは、だぼっとしたマウンテンパーカをトレーナーの上に羽織っていた。

彼らは、明日香と一絵が歩み寄っただけで表情を硬くした。

「昨日もいた人たちですよね？」

スタジャンが言った。平静を装っているが、黒縁メガネの奥で目が泳いでいる。

今度はパーマが、ためらいがちに訊いてくる。

「警察かなにか？」

そこで一絵は返す。

「さっきミリタリーファッションの彼からも、〝警察の人ですか？〟と尋ねられました」

「ミリタリー――蓮《れん》だ」

メガネが口走る。

「その蓮さんに私は言いました。〝お店の迷惑になっているという自覚がある？〟と」

ふたりは黙っていた。

「私たちは、近隣トラブルシューターという会社の相談員です。学校にも家族にも連絡するつもりはありません。大事にするつもりはない。だが、きみたちがしていることを迷惑に感じる人がいるのは事実なんだ。だから、やめてもらいたい。しかし、無理やりやめさせようとも思わない。話し合いがしたいんです。質問に応えてほしい。お店の前に集まろうと言い出したのは誰ですか？」

やはりふたりは黙っていた。仲間を売りたくないということか。

「では、雑談をしよう。みんなで育てていた植物とはなんですか？」

しばらく黙ったままでいたが、パーマのほうがおどおど口を開いた。

「悠斗が親父さん宛の贈答品のメロンを持ってきて、みんなで食べたんだ。もう甘くてうまいの。そんで種を、悠斗の部屋のベランダにあったプランターに蒔《ま》いたのよ。遊び半分で。そしたら、芽が出てきて。ツルが伸びて、どんどん育つの。みんなで面白がって、水やりして、ネット張って」

一絵は、悠斗の部屋のベランダに見えたグリーンネットについて合点がいく。

「そんで、ついにメロンがなった」

隣で明日香が興味津々の顔になっている。

「マスクメロンがなったの？」

パーマが得意げに、「うん」と返事する。

「ちゃんと網目模様も入ってさ」

「すごい」

明日香が感心しているので、彼はますます得意になる。

「スマホで検索すると、種蒔いてから三ヵ月くらいで収穫できるって。でも、発芽はするけどそのあとの栽培が難しいんだって情報もあってさ。まあ、俺らの場合、たまたまかもしれないけど一個だけ実がなったんだ。売ってるのと比べたらだいぶ小ぶりではあるけど、みんなで小さい一切れずつは食える」

「で、食べたの？」

パーマが首を振る。

「どうして？」

今度はメガネが割り込んでくる。

「悠斗が、もうここには来るなって言ったから」

「部屋に来るなって、悠斗さんが言ったってことよね？　ケンカでもしたの？」

メガネが悲しげな顔になる。

「ケンカなんて、俺たちはそんなつもりないよ。それに、少しずつ部屋に集まらなくはなっていたんだよね。まず、真彩《まあや》が姿を見せなくなったから」

一絵は、五人の中に一人だけ交じっていた少女の横顔を思い浮かべる。天使が去った……ということか。

今度は一絵が発言する。

「さっき蓮さんは、私道のゲートの前に立っていた。錠前を外そうと考えていたようにも見えたんだけど」

メガネが慌てていた。

「蓮が、まさか!?」

「レッドサークルの前にみんなが立っていることと、あのゲートには関係があるのかな？」

「なにも言えないんだよ。〝決めるのは悠斗なんだ〟って瑛太《えいた》が」

「その瑛太さんが首謀者ってことかい？」

メガネが首を振る。

「俺たちが店の前に立ってるのは……」

言葉を途切らせた彼の視線の先に、男女ふたりの姿があった。

瑛太は、大人っぽいデザインのショート丈のコートを着込んでいる。真彩はデニムジャケットに白いパンツ姿だった。きりりとした瑛太と真彩は、似合いのカップルに見えた。

彼らは店に近づいてきたが、メガネとパーマが囚われの身となっているのを見て引き返してしまった。

一絵は振り向いて、店内にいる悠斗を確認した。彼は、瑛太と真彩の姿をしっかりと捉えていたはずだ。

「明日からは来ませんよ」

とメガネがぼやいた。

パーマも不平がましくもらす。

「もともとこんなことして、悠斗のやつに分かるのかって思ってたんだから」

彼らふたりも去った。

「悠斗さんと話したいと思う」

一絵の提案に、「そうですね」と明日香も応じる。

店内に入り、レジを挟んで悠斗の前に立った。

「お聞きしたいことがあります」

一絵が言うと、「バックヤードに行きますか？」と悠斗が返してきた。

「それでいいんですか？」

事務所には佐和田がいる。

悠斗が追い詰められたような表情を浮かべたあとで、他のスタッフには休憩すると断りレジから出てきた。そうして店を出ると、明日香と一絵を店の裏側に案内した。

一絵は、メガネとパーマと話をしたと悠斗に伝えた。

「大和《やまと》と駿《しゅん》です」

メガネを掛けているのが大和で、パーマをかけているのが駿なのだと説明する。

一絵は頷いた。

「蓮さんとも話しました。真彩さんと瑛太さん以外の三人と直接話したことになります。そして、悠斗さんとも話しておく必要がある」

レッドサークルの裏手は、悠斗の部屋があるマンションの側壁に面している。レッドサークルの裏には非常灯があるだけで暗い。

「悠斗さんの部屋に彼らが遊びに来ているのに、佐和田店長にはただの同級生だと嘘を言ったのはなぜですか？」

「勉強に集中できるからとあの部屋に住まわせてもらってるのに、友だちのたまり場になってるなんて言えないでしょ」

確かにそのとおりではある。

「五人は悠斗さんの部屋に集まって、映画を観たりして過ごしたそうですね。みんなで、どんな映画を観るんです？」

「いろいろです。松田優作《まつだゆうさく》のものとか」

松田優作の魅力は色褪《いろあ》せることなく令和の高校生の心も摑んだのだ。一絵が中学の時、初の海外進出を果たしたアメリカのポリスアクション『ブラック・レイン』を最後に急逝した不世出のアクションスター。その記憶が、自分の脳裏にも鮮烈に残っている。

「悠斗さんは、松田優作のどんな映画が好みですか？」

好奇心から訊いてみた。

「やっぱり遊戯シリーズみたいなハードボイルドかな。瑛太なんかは、文芸ものの『それから』がいいって言うけど」

すると、明日香が発言した。

「『それから』って、夏目漱石の？」

「ええ」

悠斗が応える。

文学はからっきしの一絵が彼女に顔を向ける。

「望月さんは観たの、松田優作の映画？」

「映画は観ていませんが、学生時代に授業の課題で漱石の小説を読んでいます。三角関係を描いた恋愛小説です」

悠斗の顔がこわばる。彼の表情の変化を、隣で明日香がじっと観察していた。

今度は一絵が言う。

「悠斗さんは、脚本家志望だそうですね？」

悠斗がきっとした目を向けてきた。

「誰がそれを？」

「蓮さんですよ」

「蓮のやつ……」

「部屋にある映画のテープやDVDは、優斗さんが集めたものではないですよね？　聞いたところでは昭和のものばかりらしい。誰が収集したものですか？」

　悠斗は黙っている。

「もしかしたら、佐和田店長のコレクションではないですか？」

　悠斗は諦めたように、「そうです」と応えた。

「そして悠斗さんがあの部屋に住みたいと考えたのは、映画コレクションに惹かれたからですね？」

　彼が頷く。

「父は若い頃、撮影所で働いていたんです。でも、うまくいかなくて……。僕が脚本家になりたいなんて許してくれませんよ」

　一絵が初出勤した日もこうしてコンビニの裏で、楡木と話した。彼は漫画家志望だった。

「悠斗さんは、許してくれないと決めつけていますが、佐和田店長とは話し合いましたか？」

　彼が首を振る。

「話し合っても無駄ですから。父の応えは分かっているので」

「質問を変えます。佐和田店長の指示で、彼らに店の外に立たないよう交渉に行った際、どんな話をしました？」

「どうなって？」

「彼らは、店の前に立っている理由を言いましたか？」

「いいえ」

嘘だ。

「悠斗さんは、理由を知っているのではないですか？」

「なんで、僕が……」

「それは、悠斗さんにかかわることだからですよ」

彼が押し黙る。

「大和さんと駿さんの話では、瑛太さんが、〝決めるのは悠斗なんだ〟と言ったそうです。この意味が分かりますか？」

悠斗がはっとした表情を見せた。しかし、「さあ」としか返さなかった。

やはり彼は嘘を言っている。

「レジに戻らないと」

悠斗がその場をあとにした。

明日香が、一絵に向けて言う。

「真彩さん、瑛太さんと話す必要がありますね」

「ふたりは、明日もレッドサークルの前に現れると思うかい？」

「きっと」

「そうだね」

「あたし、試してみたいことがあるんです」

3

月曜日の午後六時過ぎ、レッドサークルの駐車場に真彩と瑛太がやって来た。しかし、明日香と一絵がいると見て、すぐに引き返してしまう。実際には、店内にいる悠斗に自分たちの姿を見せたことで目的を達成し、帰ることにしたのだろう。もちろん、明日香と一絵がいなければ、一時間以上レッドサークルの前に立っていたはずだ。

「また逃げるの!?」

鋭く声を上げたのは明日香だった。彼女の突然の行動に一絵は驚く。

真彩が立ち止まると、さっと振り返った。

「逃げるってなに!?」

彼女が強く反発する。

「言葉のとおりよ。いつも、あたしたちに背中を見せて立ち去るじゃない。昨日も仲間を置いて逃げ出したでしょ」

「逃げてなんかいない!」

相手にするなよ、といった表情の瑛太を残し、真彩がつかつかと歩み寄ってくる。明日香の挑発に乗ったか、あるいは効果が未知数の行動を繰り返すことに真彩自身がフラストレーションを感じ、新たなアクションを起こしたのかもしれない。瑛太も、真彩のあとを仕方なさそうについてきた。

「ふたりは付き合ってるの?」

明日香がいきなり無作法な質問を浴びせる。

彼らはぽかんとした表情で、互いに首を振っていた。一絵も面喰らっている。明日香の〝試してみたいこと〟とはこれか。

「じゃ、真彩さんは、五人のうち誰と付き合ってるの? 五人ていうのは悠斗さんも入れてってことだけど」

すると、真彩の代わりに瑛太が応えた。

「真彩との恋愛禁止条例は、仲間内の暗黙の了解だった」

——天使、と一絵は思う。

不平を述べたのは真彩だった。

「とんだ性差別発言。あたしは、みんなを仲間だって思ってたのに」

今度は瑛太が、真彩に難癖をつける。

「それはないだろ。おまえ、悠斗のこと好きだったくせに」

明日香の狙いは、ふたりをぎくしゃくさせることか？

「ねえ、どうしてこの人たちの前で、そんな話をするわけ？」

「すべて話してもらうわよ」明日香が毅然《きぜん》と言う。「興味本位からじゃない。仕事だから。こんなこと言って気休めになるかどうか分からないけど、あたし恋愛ってものにいっさい興味がないの。誰かを好きになったこともない。これは、あたしの悩みでもある。このままでいいとも思っていない。だから、苛々することもある」

明日香が口を閉ざし、再び話を継いだ。

「でも今はね、せいぜい苛々したり、悩んでいたいと思う。自分のすべてに納得している人間なんていないわけだしね」

ここは明日香に任せることにしようと一絵は覚悟を決める。そして、熱を帯びた彼らのやり取りに水を差さなければよいがと案じつつ口を挟む。

「場所を移さないか」

店の出入り口近くで言い合うのは、相談者の佐和田に迷惑だ。それこそ彼のモラルに反するだろう。一絵が駐車場を出て私道のほうに歩いていくと、みんなぞろぞろついてきた。

「確かにあたし、悠斗のことといいなって思ってた」

突然、投げ出すように真彩が言った。本音で語った明日香に、彼女も感応したらしい。

一絵は、場所を移しても熱が冷めなかったことにほっとすると同時に発言の内容に驚く。

「だけど悠斗は、陽菜《ひな》のことが好きなのよ。悠斗が、あたしにそう言った」

明日香が訊く。

「陽菜さんて？」

「陽菜は家族と、あの家に住んでるの」

真彩が私道沿いに建っている戸建て住宅の一軒を指した。

「陽菜は通学には、駅まで自転車で行くんだけど、T字路の片側がゲートで塞がれているから、旧街道を走らないとならない。陽菜はそれで、後ろから来た車と接触事故を起こしたの。悠斗は、事故の原因が自分のお父さんが道をゲートで塞いだせいだと言って、それで陽菜に好きだって言い出せないでいる。だったらお父さんにゲートを開けさせて、それで陽菜の見舞いに行けばいいって言った。でも悠斗は、お父さんに言い出せないでいる」

そこで一絵は考えを述べる。

「きっと悠斗さんはゲートの開放を、佐和田店長に伝えたいはずだ。だが自分の進路のこともあって、言い出せないでいるんだろう」

真彩がそれに反応した。

「進路って、脚本家になりたいってことでしょ。そういう夢を持ってるのが悠斗のいいとこだと思ってたのに。なにもかも言い出せないでいる悠斗に愛想が尽きて、あたしは、あいつのところに顔を出さなくなった」

今度は瑛太が言う。

「悠斗が書いた脚本は、みんなで読んでた。面白かったよ。だから諦めるなって、みんなで悠斗に言ったんだ。脚本家になる夢も、ゲートのことも、陽菜のことも、みんな諦めるなって。そしたら、うざいって感じたのか悠斗のやつキレて、〝もうここに来るな！〟って」

「だから、あたしがみんなに言ったの。レッドサークルの前に立って、みんなで無言のメッセージを悠斗に送ろうって」

するとと瑛太が、むっとした表情を見せる。

「店の前に立っていると、悠斗が親父さんの指示でやって来て、もうやめてくれって情けない顔で縋ってきた。だから言ってやった。おまえが話し合わなきゃならないのは俺たちじゃない、親父さんだろうって。自分の本当にやりたいことを伝えろ。私道のゲートも開けさせろって。それをするまで、俺たちは店の前に立ち続けるって。決めるのは悠斗なんだぞって」

するると明日香が、真彩と瑛太に言う。

「あたしは、真彩さんのことを瑛太さんと悠斗さんのふたりが好きなんだって思っていた。瑛太さんは、『それから』を観て、代助《だいすけ》と平岡《ひらおか》のどちらに自分を当てはめているのだろう？　って想像していたの。代助は、愛していた女性を平岡に託した。今日、ふたりから話を聞いて分かった。代助は、瑛太さんではなく、真彩さんだったのね」

『それから』の詳しい内容を一絵は知らない。だが目の前にいる真彩が、自ら身を引いたことは分かる。そして、悠斗の恋を応援しようとした。なぜなら悠斗が、自分よりも陽菜を好きなのが分かったから。

一絵が真彩を真っすぐに見つめる。

「無言のメッセージを送るのではなく、また声に出して悠斗さんに伝えたらいい。伝わるまで、何度でも語りかければいい」

「みんなでこれから直談判に行きましょう」

明日香の発言に瑛太が笑う。

「とんだおせっかいですね。仕事の領分と違うんじゃないですか？」

「時にはお節介を焼くのも、この仕事の領分なの。だから、いつまでも古い雑居ビルから事務所を移転できないわけ」

四人でレッドサークルに向かうと、駐車場に大和と駿、蓮がいた。

「諦めるなってメッセージを送っていた俺たちが、途中で諦めるわけにはいかないっしょ」

彼らが笑った。

蓮が真顔に戻る。

「いっそのこと、こんな錠前はずしちゃおうかってゲートの周りをうろついたりもしたけど、実力行使よか対話ですよね」

五人揃った彼らとともに店の中に入っていく。そして、レジにいる悠斗の前に立った。

真彩が真剣な表情で、一歩進み出る。

突然の展開に彼は戸惑っていた。

「ねえ、悠斗。もっと自信持ちなよ」

彼が怒ったような表情で真彩を見返す。

しかし、真彩の眼差《まなざ》しは一転して柔和になった。

「メロンの種を蒔いたのだって悠斗じゃない。みんなは、そんなの無駄だって言ったけど、悠斗は違った。〝蒔かなきゃ芽は出ないだろ〟って」

彼はやはり黙っていた。

「悠斗が言わないんだったら、あたしが悠斗のお父さんに言う。ゲートを開けてほしいって」

「僕が言うよ」

意を決したように悠斗がレジカウンターから出てきた。そして、バックヤードのドアへと向かう。彼がキーを押して解錠すると、中へと入る。そして悠斗を先頭に、みんなが事務所へと向かっていった。

「……!?」

急に現れた八人に、佐和田は動揺していた。しかもそこには決死の表情の悠斗も交じっているのだから。

「私道のゲートを開けない？」

悠斗が切り出した。

「急になんだ？」

「私道にある家に住んでる中学の同級生が、旧街道を自転車で走ってて交通事故に遭った」

佐和田が小さくため息をついた。

「それは気の毒だったな。しかし、それとゲートとなんの関係がある？」

「ゲートを開ければ、裏道を通って駅に行ける。そのほうが車の通りも少なくて安全だ。駅への行き帰りに、あの道を使えなくて不便に思っている人はたくさんいるはずだ」

佐和田の表情に変化はなかった。

「お父さんはなぜ、ああやって道を塞いでいるんだい？」

「それは、部外者を出入りさせないためだ。居住者の安全のためだよ」

「違う！　この店に客を立ち寄らせるためだ！　ゲートの先の道には、別のコンビニもある！」

そこで一絵は、ゆっくりと口を開く。

「T字路の片側を塞いだ意味――それは佐和田店長の言葉のとおり、〝居住者の安全のため〟です」

皆が一絵に注目する。

「ゲートで塞いで車が通り抜けできないようにしたので、子どもたちは安心して私道で遊ぶことができる。私たちは昨日、四時にここに来た。日没間近で外で遊んでいる子どもの姿はすでになかったが、路面にろう石で描かれた絵が残っていた。日中に遊んだ痕跡です。近頃、路面に絵を描いたりする子どもの姿などめったに見ない。私道は、安心して遊べる場所だということだ」

　すると佐和田が、悠斗に向かって穏やかに語る。

「なぜあそこにゲートを付けたか、おまえは覚えていないか？　そうかもしれんな」

　悠斗は不思議そうな顔をしていた。

「幼いおまえが家を飛び出して、車に撥《は》ねられそうになったからだ。それが、そもそもの始まりだった」

　今度は悠斗が黙る番だった。

「ゲートを開けよう」

　きっぱりと佐和田が言った。

「だけど、それだと……」

　悠斗が口ごもる。

「その代わり、あそこに車止めを設けるさ。それなら歩行者と自転車は通行できる」

　佐和田が、高校生らに目を向ける。

「きみたちもそうだ。要求があるなら、私に直接意見を言ってくれればよかった。あんな回りくどい方法をとる必要などなかったのに」

「すみません」

五人が素直に頭を下げた。

彼らの狙いは、悠斗に直訴させることだった。彼らの目的のひとつは達成されたわけだ。そして、もうひとつ――。

悠斗はそれを、佐和田に伝えられないでいる。

五人の仲間が、じっと悠斗を見つめていた。

意を決したように悠斗が口を開く。

「僕、映画関係の仕事がしたいんだ。脚本を書きたいと思ってる」

突然、息子が言い出したことに、佐和田は驚きを隠せないでいた。しばらく黙っていたが、こんな言葉を返した。

「私が、トランクルーム代わりに、あんなものを未練たらしく部屋に残していたせいで、変な影響を受けたわけじゃないだろうな？」

「まったく関係ないよ。自分で決めたことなんだ」

「私は知ってるから言うんだが、簡単な世界じゃないぞ」

「分かってるよ、そんなこと」

「いや、分かってない。好きだというだけで、続くものじゃあない」

そこで瑛太が発言する。

「俺たち、悠斗が書いた脚本を読みました。面白かったです」

「あたしもそう思いました」

真彩が言う。

大和も駿も蓮も同意していた。

その様子を見て、佐和田は少し嬉しそうだった。そして、彼らに話しかける。

「誤解しないでほしい。私は頭から反対するつもりはない」

今度は悠斗に顔を向ける。

「おまえも、私が反対すると思って、これまで言い出せなかったか？　しかし、反対などせんよ。父親も――おまえのおじいちゃんも、私のすることに反対しなかった。もっとも、よく話し合ったりもしなかったがね」

佐和田が、再び五人に視線を送る。

「きみたちには、〝直接意見を言ってくれればよかった〟などと今さっき偉そうに告げながら、私自身は父親と話し合ったりしなかった」

彼がしみじみとした口調でさらに悠斗に告げる。

「勉強していい大学に入れと言い続けたのは、おまえに目標がなかったからだ。目標ができたなら、それに向かって進めばいい。ただし、勉強も続けろ。そのほうが選択肢が増える。おまえが脚本家になりたいと思っても、なれるとは限らん。その時には、なんでもいいからほかの好きな仕事に就け。好きな仕事に就けなかった時は、就いた仕事を好きになれ。さっき、〝好きだというだけで、続くものじゃあない〟と言っておきながら矛盾するが、好きだから続くこともあるんだ。好きな仕事をしていれば、苦しくても貧しくても堂々としていられる」

悠斗も五人の高校生も、佐和田の話にじっと耳を傾けていた。

「正直なところ私は、コンビニでもやってみるか程度の気持ちでこの商売を始めた。それが続けているうちに好きになっていった。そして最近になって、同じこの場所で自分の父親が行っていた事業に興味を抱くようになった。それで私も、地元野菜を扱えないかと農家と交渉していたんだ。スーパーに朝採り野菜のコーナーがあるだろう。あそこに並んでいるのは、農家が朝採った野菜を農協の集出荷場《しゅうしゅつかじょう》に持って行き、それをトラックが引き取って、各店舗に配送したものだ。しかし私は、直接農家に行って野菜を引き取り、それを店に並べようと考えたんだ。本当に新鮮な朝採り野菜を時短で並べる。それを、夜勤で働いてきた人たちにおいしく味わってもらおうというわけだ。もちろん本部の許可は得ている。それこそが二十四時間営業のコンビニが打ち出す付加価値じゃないかとアピールして、口説き落とした」

佐和田が、明日香と一絵に顔を向けた。

「こうした機会を与えてくださって感謝します。悠斗と話をしたのは久しぶりです」

悠斗が、五人の仲間たちに囲まれていた。

「あのメロン、みんなで食べよう」

と悠斗が言う。

瑛太が笑った。

「陽菜に持っていってやれよ」

すると真彩が口を尖らせる。

「あんなんじゃなくて、バイト代でもっといいもの買っていきなよ」

悠斗が苦笑しつつも頷き返していた。

「さっそく車止めを設置する業者に依頼します」

佐和田に見送られ、明日香と一絵は私道のゲートの前まできていた。彼が鍵で錠前を外し、キャスターの付いたアルミのゲートを開ける。

「工事が終わり次第、ゲートは常時開放することにします。今、この時だけでなく」

　ふたりは頷いた。

「一絵さん、お子さんは？」

「息子がひとり。春に大学を卒業して就職しました」

「ほう。一絵さんの息子さんなら、しっかりしているに違いない」

「さあ、どうでしょう」

「いや、分かりますよ」

　そう言って苦笑を浮かべる。

「私なんて、息子に甘いばかりだ。ひとりで暮らしたいと言われれば部屋を与えたし、今度のことだって……」

「悠斗さんは、よい仲間に恵まれたようです。みんなが、悠斗さんのことを真剣に考えていた」

　ふたりは佐和田に礼を言うと、旧街道とは打って変わって静かな住宅地の道を歩き駅に向かった。

「あたしが小学校四年生の夏でした。通っていた学校の校庭で盆踊りがあって、夕刻そこに向かってひとりで歩いていました」

明日香が問わず語りに話し始めた。

「向こうから『炭坑節』がのんびりと聞こえてきます。あたしは人けのない道を、ひたすら歩を進めていました。もう会場には、友だちが集まっているはずです。少し焦るような、はやる気持ちがありました。陽が落ちてから友だちに会うという、いつもと違うわくわく感が足を速めさせていたんです。すると、大人の男性が声をかけてきました。〝こっちに近道があるよ〟と。男性は素早くあたしの手を取ると、一緒に歩き出しました。歩いているうちに、どんどん学校から離れていくことに気づきました。盆踊りの音楽も聞こえなくなりました。このままではいけない！　そう考えた時、目の前に小さなトンネルが迫っていました。あたしは、〝靴の紐がほどけた〟と男性に伝えました。彼が手を離したので、あたしはしゃがんで紐を結ぶ真似をすると、すぐに立ち上がって逆方向に走り出しました。息が上がっていました。間もなく若い夫婦に出会い、道に迷ったと言って家まで送ってもらいました」

一絵に、少女時代の明日香の緊張が伝わってきた。幼い彼女が働かせた機転にも感心する。

「今まで誰にも話してません。親にも。一絵さんが初めてです。この出来事が、あたしから恋愛を遠ざけたかどうかは分かりません。でも、トラブルを事件化させないという仕事の志望動機にはなっています」

帰宅して、明日香から聞いた話を陶子にした。

「望月さんは、小さい頃から賢いお嬢さんだったのね」

今まで誰にも話していないという一件を一絵に伝えたのは、今の仕事が彼女の呪縛を解こうとしているからなのかもしれない。

「ほんと、お会いしてみたいな、望月さんに」

夕餉《ゆうげ》は麻婆豆腐《マーボどうふ》と鶏肉のカシューナッツ炒めだ。陶子の中華は、いや料理全般が使う油が少ない。

一絵の好物の麻婆豆腐が食卓に上る頻度は高い。豆腐は切らずに、手で一個を大きく崩すのが陶子流だ。豆板醤《トウバンジャン》、花椒《ホアジャオ》、豆豉《トウチ》を使った本格派で、そしてかなり辛い。普通、甜麺醤《テンメンジャン》を使うところ、オイスターソースを使うことで甘味を抑えている。湯から上がったばかりの一絵は、汗をかきかき散蓮華《ちりれんげ》で口に運ぶ。お酢、醬油、蜂蜜《はちみつ》、胡麻油《ごまあぶら》に漬けたキュウリのたたきを口直しに齧るとさっぱりする。

中華の定番の晩酌だが、ビールの続きは紹興酒《しょうこうしゅ》ではなく、四合瓶《しごうびん》の米焼酎をロックで飲《や》る。近頃気に入っている鹿児島の米焼酎だ。

「今日、相談者のコンビニ店長が息子と話ができてよかったと言っていたが、俺自身は達也と話していただろうか？」

「話してたわよ。だから達也は、警察官になったんでしょ」

「俺は、もう警察官ではないよ」

そう言ったら、陶子が悲しそうな顔になった。

だから一絵は、あえて溌剌《はつらつ》とした声を出す。

「今や俺は、近隣トラブルシューターの相談員だ」

すると陶子の表情がくるりと明るくなった。

「そうよね」

一絵は、「うまい、うまい」と言いながら麻婆豆腐を掻き込んだ。

陶子が、

「ピーちゃんがね、お嫁さんを連れてきたの」

と嬉しそうに伝える。

昼間ベランダに、ヒヨドリがつがいで来たのだそうだ。

第五章　ゴミ屋敷

1

朝、出勤すると、事務所のドアの脇に有山が立っていた。待ちかねたように彼が言い寄ってくる。

「俺のように定年まで奉公したというならともかく、あんたのように職を投げだした警察官《サツかん》くずれは潰しがきかねえ。運転か警備の仕事に就くのがせいぜいだ。あんた、いい職にありついたな。社長にもうまく取り入ってるようだし、望月もあんたに懐《なつ》いてる」

有山が挑むようにこちらを直視していた。

「世田谷北署の強行犯係に大瀬良っているだろ。やつに、あんたのこと訊いたんだ。あんた、上にもちゃんとものが言える、いい刑事だったっていうじゃねえか。そんなあんたが、なぜ警察を辞めたのか――しつこく尋ねても大瀬良は、〝一絵が言わないことを俺が言うわけにはいかない〟の一点張りだ」

一絵の目を、有山がぐっと覗き込んでくる。

「なあ、なにがあった？」

一絵は黙っている。

「なにも言わない主義か？」

「おはようございます」

声のほうを見ると、ビジネスリュックを背負った明日香の屈託ない笑顔があった。

有山はそそくさと事務所の中に入ってしまう。

「アリさんとなにを話してたんですか？」

「警官時代の仲間のことをちょっとね」

事務所の中に入ると、ふたりの姿を見つけた剣崎からさっそく声がかかる。

「やあ名コンビ、ちょっと来てくれ。きみたちに担当してもらいたい案件がある」

相談者の高垣《たかがき》秋穂《あきほ》とは、彼女の勤め先の健康食品卸問屋で面会した。

秋穂は三十代半ば。真面目でおとなしそうだ。ストレートの髪が、水色の制服の肩に届いている。その肩にそっと手を触れたのは四十代後半ぐらいの男性で、今いる部屋の主《あるじ》だ。

「気にしないで使っていいからね」

彼が優しく耳もと近くでささやくと、秋穂がこくりと頷く。

ふたりのさりげないやり取りを一絵は見逃さなかった。そして、おそらくは隣にいる明日香も。

所長室を明け渡した陣内《じんない》は、応接セットで秋穂と向かい合っている明日香と一絵に、「ごゆっくり」と愛想笑いを投げかける。

一絵と明日香は立ち上がり一礼した。

陣内はスリーピーススーツのジャケットをラックのハンガーに残したベスト姿である。

「事務所にいるから」

湿り気を含んだ笑みとともに秋穂に言い残し、部屋を出ていった。

「ご足労いただいて、すみません」と彼女が言う。「小さい会社の営業所なので、用件をお伝えするために外で時間を取る余裕がなくて」

「いいえ、お気になさらず」

と一絵は返す。おかげで相談者が口にしないだろう情報が得られた。それが、今回の案件と関係があるか否かは分からないが。

「お願いしたいのは、姉のことなんです。自室がゴミ屋敷状態らしくて、片づけるように説得してほしいんです」

今朝、剣崎からおおよその相談内容を知らされていたとはいえ、改めて本人の口から聞くと意外さに違和感を覚える。姉が対象者で、相談者は妹。

一絵は、秋穂に確認する。

「実のお姉さんということでよろしいですか？」

「ええ。名前は高垣春菜《はるな》。年齢は、わたしより二つ上の三十七歳です」

「春菜さんとは、同居されているのですか？」

秋穂は頷くと、説明を始めた。

「姉は離婚して十ヵ月前に実家に戻ると、自室で引きこもり状態です。両親は、姉の部屋がゴミで溢れているので、片づけてほしいと。それで姉と交渉してくれる業者を探して、そこに相談するように、わたしに言ったんです」

一絵は戸惑ってしまう。

「お姉さんに部屋の掃除をするよう、我々に説得せよということですか？」

「ええ。わたしは忙しくて、家のことにかかわっていられないので」

「〝わたしは忙しくて〟って、なにに忙しいんだか」

明日香がくさした。

「一絵さん、気がつきました？　職員のために部屋を貸すなんて、親切な営業所長ってことじゃないですよね」

「あのふたりは、男女の仲だな」

「しかも陣内ってあの所長、薬指にリングしてました」

「不倫、か」

明日香がイラついた短いため息をひとつ吐く。

「それにしても、さっき程度の相談内容を伝えるためにわざわざ職場まで呼び出すなんて。電話で充分だと思いません？」

「所長と不倫関係にあるのを我々に知らせたかった、とか？」

「自分が不倫してるのを知らせるって、なんのためにです？」

御徒町《おかちまち》から乗った内回りの山手線を上野で京浜東北《けいひんとうほく》線に乗り換え、上中里《かみなかざと》駅で下車した。

春菜と秋穂姉妹が暮らす高垣家は、北区滝野川《きたくたきのがわ》の住宅地にあった。

「御徒町からの乗車時間、二十分にも満たなかったですよね。通勤も便利なんだし、〝わたしは忙しくて〟が、ほんと謎」

明日香の呟きを耳にしつつ、一絵は下町的な家並《いえな》みを興味深く眺めながら歩いていた。下町的というのは、浅草や上野、柴又《しばまた》といった観光地化された商業都市の風景とは違う。自分が生まれ、小学校低学年まで育った墨田区のゼロメートル地帯の風景だ。ゼロメートル地帯とは海抜〇メートル以下の土地で、文字どおりの下町である。ところが先月、大滝マンションの案件で訪ねた八広は、工場跡地にマンションが建ったりして町の貌《かお》が変容していた。しかし今、一絵が目にしているこの家並みは、記憶の中にある故郷の風景に似ている。二階建ての木造住宅がびっしりと建ち並び、そのほとんどが戸建てで集合住宅は少ない。いずれの家も敷地面積が狭く、駐車場を確保する余地などない。駐車場があったとしても、車の出し入れに苦労する。家内工業を営んでいた一絵の父は、旧式のステーションワゴンを所有していた。数センチ単位で車を前後させ、わずかなスペースに車を収容するのを通行人が立ち止まって見物していたものだ。

追想に浸っていた一絵は、「ここです」という声で我に返る。

隣で明日香が見上げているのは、やはり敷地面積二十坪ほどの木造二階屋だった。

明日香がドアホンを押し、しばらく待つと玄関の引き戸がガラガラと音を立てて半分だけ開く。そうして、六十代半ば過ぎくらいの女性が不安げに顔を覗かせた。

「秋穂さんからご相談を受けた株式会社近隣トラブルシューターの者です」

明日香が名乗ると、女性が無表情にふたりを招じ入れる。

玄関を上がると、そこはすぐに畳敷きの茶の間である。茶の間には長方形の座卓があって、その奥側の長手《ながて》に同年輩の男性がこちらを向いて座っていた。彼は胡坐《あぐら》を解いて、

「よいしょ」と立ち上がる。

「高垣茂《しげる》です。ご足労いただき恐縮です」

オールバックに撫でつけた白髪交じりの頭を下げた。

明日香と一絵は座卓の向こう側に回り込み、各々が名刺を渡して挨拶した。

「家内の幸子《さちこ》です」

茂に紹介され、先ほど内側から玄関を開けた女性がやはり無表情のままお辞儀する。そして茶の間の奥にある台所へと向かった。

「離婚した春菜が、十ヵ月前にこの家に帰ってきたことは？」

「秋穂さんから伺いました」

一絵が応えると、茂が頷く。

「春菜は、十五歳も上の男と結婚するというんで、私は反対しました。しかし、どうしても一緒になりたいというんで、許したんです。それが、結婚した途端に春菜が体調を崩す

ようになった。流産もしましてね。結局、二年もせずに離婚することになったんです。春菜は、結婚も離婚も自分の責任だと言って、最初はひとり暮らしをしていました。ところが、やっぱり家に帰りたいと言ってきたんです。受け入れはしましたが、なにをするわけでもなく、毎日ゴロゴロしているばかりです。おまけに、この狭い家は春菜の持ち物に占領されてしまっています」

一絵は周囲を見回す。確かに広いとはいえない空間だが、茶の間には春菜の持ち物らしきは見当たらない。どういうことだろう？

「秋穂さんの言《げん》によると、〝姉の部屋がゴミで溢れているので、片づけてほしい〟とのご要望だそうですね」

「ええ。きっと部屋の中は、惨憺《さんたん》たるありさまでしょう」

「春菜さんとは、お話しできているのですか？」

「少しだけです。私は、早く以前の春菜に戻ってほしい。だから〝気分転換に、外で少し働いてみたらどうか？〟と、ドアの外から声をかけました。しかし、〝そんな気になれない〟と返してくるだけです」

そこに、幸子が茶を運んでくる。座卓にいる三人の前に無言で茶を置くと、幸子は再び台所に戻った。

「せめて、春菜に部屋だけでも片づけさせたいんです。そうしたら、気分も前向きになることでしょう。とはいえ、親なんて無力なものです。そこで、プロであるあなた方にお任せすることにしたんです」

「春菜さんのお部屋は？」

「二階です」

と茂が応えると、すぐに、「おーい」と台所に声をかけた。そうして現れた幸子に、「この方たちを春菜の部屋に案内して」と指図する。

それに対して幸子は返事をせず、明日香と一絵をやはり無言のまま促して台所の奥へと導いた。そこには、二階へと延びる階段があった。ひとり上るのがやっとの、幅の狭い急な階段である。幸子を先頭に一絵、明日香の三人が連なるように階段を上っていく。二階の板の間の短い廊下に到達すると、そこは三人がやっと並べる程度の広さだった。しかも突き当りにはガムテープで閉じられた段ボール箱が幾つか積まれており、後ろにいる明日香は階段から廊下に上がることができなかった。

「春菜の荷物です」と幸子が無表情にささやく。「家に帰ってきて部屋の中に収まりきらずに、ここに置いてあります」

なるほど、茂の言っていた「この狭い家は春菜の持ち物に占領されてしまっています」

とは、これを意味しているのか。しかし、二階の廊下の一角に段ボール箱が幾つか置かれているだけで、〝春奈の持ち物に占領されてしまっています〟は大げさではないだろうか。

板の間の狭い廊下を挟んで、襖《ふすま》の引き戸の出入り口がふたつ向き合っている。

「春菜の部屋はこっちです」

と幸子が向かって右側の襖を示す。

「食事は、この襖の前にわたしが置きます。トイレや浴室はこの階段の下に位置しています。春菜は、わたしたちと顔を合わさないように使っています」

「ドア越しに声をかけましょうか？」

一絵の小声の提案に、幸子が素早く首を振る。

「今日は、このまま帰ってください」

「しかし……」

「主人には、わたしからうまいこと伝えておきます」

ずっと無表情だった幸子が、力強い真っすぐな視線を送ってくる。

「もう一度、秋穂と話してみてください。秋穂なら、本当のことが分かっているはずです」

有無を言わせぬ口調だった。

「〝本当のこと〟ですか？」

　彼女がしっかりと頷く。

「分かりました。そうしましょう」

　そして、「ほかになにか気づいたことや、緊急のご相談がある際にはご連絡ください」

と言って幸子にも名刺を渡した。

「こちらが、秋穂さんの部屋になるのですね？」

　一絵は、左側の襖を見て言う。

「ええ」

「秋穂さんは、〝忙しくて、家のことにかかわっていられない〟とおっしゃっていました。

帰宅時間は遅いのですか？」

　一絵の質問に、幸子が眉をひそめる。

「はい。毎日遅いです」

　高垣家を辞すと、上中里駅に引き返しながら明日香が整理するように語り始めた。
「秋穂さんは、〝両親は、姉の部屋がゴミで溢れているので、片づけてほしい〟のだと、
わたしたちに相談してきました。つまりこの相談は、秋穂さん本人のものではなく、ご両

親の相談なわけです。秋穂さんのほうは、〝わたしは忙しくて、家のことにかかわっていられない〟と言っていました。つまり、秋穂さんにしてみれば、春菜さんが引きこもって部屋がゴミ屋敷状態であっても関心がないというわけです」

「両親の相談というが、どうだろう？　父親の茂さんは確かに、〝春菜に部屋だけでも片づけさせたい〟と我々に希望を伝えたが、母親の幸子さんはあんな調子だ」

「二階の廊下に荷物は置かれたままです。だからといって、春菜さんの部屋は本当にゴミ屋敷状態なのでしょうか？」

「いずれにせよ幸子さんが、〝もう一度、秋穂と話してみてください〟と言っているんだ。そうするしかないだろうな」

一絵のジャケットの内ポケットでスマホが震えた。会社からの着信だった。

「剣崎だ。至急対応してもらいたい案件が発生した」

2

剣崎の指示で向かった先は、新宿区高田馬場《たかだのばば》の住宅地域にある賃貸マンションだった。学生の街とあって周囲にはワンルームマンションが多かったが、ここコーポ・レーストラックはファミリータイプの物件である。

「わずかな月額支払いのサブスクで居住者トラブルの解決支援をしてくれるっていうんで、お宅と契約してるんだけどさ」

オーナーの関根《せきね》は五十代くらいだ。

「こういうのもなんとかしてくれるの？」

関根がエントランスの天井を指差す。

明日香と一絵が見上げると、白い天井に赤黒い染《し》みが広がっていた。

「コーポ・レーストラックは――あ、レーストラックは高田馬場の馬場からとったんだけどね」

関根の苦い表情が一転、自ら名づけたらしいマンション名の由来を解説すると面白そうに笑う。関根は青いオールインワンの作業着に青いキャップを被《かぶ》っている。マンションの隣で、自動車整備会社を経営しているのだ。

三人が立ち話をしている横を、住人らしい若い男女が通り過ぎる。彼らは天井の染みを見つけると、「なんかヤじゃない」「もしかして、この上に死体があったりして」「じゃ、これ血なの⁉」などと言葉を交わし合っていた。関根は、彼らに向けて愛想笑いを浮かべると、「ご迷惑をおかけしまーす。すぐに対処しますんで」と頭を下げていた。その関根が、真顔に戻ってこちらに向き直る。

「コーポ・レーストラックは、L字型の建物でね。L字の長手に三室、短いほうに一室が並んでるの。いずれも間取りは2K。キッチン以外に、二つ部屋があるわけで、特にカップルに人気」

「L字の短手《みじかて》方向の一階は、このエントランスと外の駐輪場になっているわけですね」

と一絵は確認する。

「うん、そう。三階建ての二階と三階が部屋になってる」

「二階の住居にあるなんらかの液体が床に漏れて、この天井に染み出しているんでしょうね」

「そうだと思う。なにしろエントランスだからね、目立って困るんだ。早急に対処してもらわないと」

「二階にお住まいの方は？」

「堀井《ほりい》さんていってね。大手電機メーカーの技術者みたい」

三人で二階の堀井宅に向かう。コーポ・レーストラックにエレベーターはなく、廊下の中央にある内階段で向かった。

堀井宅のドアホンを押すが反応がなかった。

「出勤してるんじゃないかな。そう思って、勤務先を書き留めてきた。これ――」

関根からメモを渡された。

堀井はパシフィック産業の社員で、神奈川県川崎《かわさき》市多摩《たま》区にある研究開発センターに勤務している。

明日香と一絵は堀井の勤務先に向かう途中、高田馬場駅前にある立ち食いそばチェーン店で昼食をとることにした。天そばもいいのだが、一絵はこの店の名物のかつ丼にする。隣を見やると明日香もかつ丼で、しかもカレーがかかっていた。というより、カレーライスに卵とじのとんかつが載った感じだ。

「意外な取り合わせだけど、それ、うまいのかい？」

「おいしいですよ、とっても」

「へえ、今度試してみるか」

「ぜひ」

ささっと食事を済ませると、内回りの山手線に乗った。新宿駅で小田急《おだきゅう》線の快速急行に乗り換え、登戸《のぼりと》駅で下車する。駅前から路線バスに十分ほど揺られると、窓外の風景は市街地から紅葉シーズンに入った丘陵地帯へと変わった。ふたりは、堀井の勤務先のすぐ前にある停留所で降りた。

周辺は一面のススキ原で、目の前にある研究施設のビルだけが場違いのように建っていた。十一月でも芝の美しい前庭を通り抜ける広いアプローチを歩き、エントランスに設けられたガラス張りのアトリウムに入る。

受付で一絵は、「テレビシステム事業本部の堀井さんに面会したいのですが」と伝えた。まず、受付の女性から、「お約束はありますか?」と訊かれる。ないと応えたが、それでも彼女はパソコンを操作していた。きっと堀井の内線番号を検索しているのだろう。

彼女が怪訝な顔になる。

「弊社にテレビシステム事業本部という部署はありませんが」

「え?」

関根から渡されたメモを、一絵はもう一度見やる。やはり間違いなかった。

すると彼女が改めてパソコンを操作する。

「堀井なら、企画事業部にいます」

そう言って連絡を取ってくれる。

「堀井がこちらに参りますので、しばらくお待ちください」

アトリウムに並んでいる丸テーブルと椅子を示された。

受付から離れ、しかし椅子には座らずにふたりで並んで待っていた。

明日香が吹き抜けの巨大空間を見上げ、「すごいオフィスですね」と言う。

「ああ」

と応えながら、堀井は異動したということか……と一絵は考えている。

「堀井ですが」

受付に寄ってこちらを案内された、スーツ姿の四十代半ば過ぎに見える男性がやってきた。オーデコロンだろうか、柑橘《かんきつ》系の香りを漂わせている。

明日香と一絵は名刺を手渡す。そして一絵が、コーポ・レーストラックのオーナーの相談を受けて訪問したのだと伝えた。

「堀井さんの部屋の真下。エントランスの天井に染みが広がっています。なにかお心当たりはありますか？」

「さあ」

小太りの堀井は長めの髪を七三に分け、メガネをかけている。

「なにか液体をこぼしたとか？」

「いいえ」

と素っ気ない。

「堀井さんに立ち会っていただき、部屋の中に入らせていただけないでしょうか？」

「構いませんよ。ただ、忙しいんでね」

「今夜、お帰りになられてからでもいいですよ」

「忙しくて、何時に帰れるか分かりませんので」

今は午後二時を回ったところだ。堀井が退社するまで、ここで待つというわけにはいかない。一時間半あれば、御徒町の秋穂の勤務先を再訪することができる。

「また、ご連絡させていただきます。名刺を頂戴できますでしょうか?」

堀井が渋々名刺を寄越す。

明日香と一絵はパシフィック産業の研究開発センターをあとにした。

3

バスで登戸駅に引き返し、新宿行きの快速急行を待っていた時だ、一絵のスマホに〈公衆電話〉と表示された着信があった。躊躇なく出る。

「高垣幸子です。この度はお世話になります。わたしは携帯を持っていません。主人に聞かせたくない話なので、近所の公衆電話からかけています。出ていただけてよかった」

「どうされました?」

「秋穂には、いつ会うおつもりですか？」

幸子に質問を質問で返された。

「これから、秋穂さんの職場をもう一度訪ねたいと考えています」

「それなら、わたしもご一緒させてください」

意外な提案だった。

「家族がこのままでいいはずがない。心の底では秋穂もきっと同じ気持ちでいるはずなんです。でも、あの子はどうしても目を逸らそうとしてしまう。だから、わたしが行かないと」

一絵はしばし考えたあとで、「分かりました」と返答する。そして、四時に御徒町駅で待ち合わせようと伝えた。

電車の中で、通話内容を明日香に伝える。

「〝家族がこのままでいいはずがない〟――どういう意味でしょう？」

「〝主人に聞かせたくない話なので〟と、幸子さんは公衆電話から連絡してきた」

「午前中の高垣家でも、幸子さんは茂さんの前では黙っていましたよね」

明日香と一絵は、約束の時間に余裕を持って御徒町駅に到着した。北口改札で待っていると幸子が現れた。幸子は先ほどと同じく普段着のままで、茂には近所に買い物に行くとでも言って出掛けてきたに違いない。彼女がふたりに向けて深々と頭を下げた。

「母です」

秋穂がしれっと紹介すると、陣内がうろたえていた。それを見て、彼女はどういうつもりでこの所長と不倫関係を続けているのだろう？　と一絵は考える。

「いつも娘が大変お世話になっております」

幸子にそう挨拶され、陣内が、「ああ……いや……こちらこそ」どぎまぎと返す。

なにを世話しているものやらと呆れながらも、浮気などして女房を泣かせるなと考える。

「ごゆっくり」

と陣内は所長室を明け渡し、あたふたと出ていった。母親の目前で、さすがに秋穂の肩に触れるようなまねはしなかった。

「なぜ、お母さんがここに来たの？」

「こうするより、あなたとまともに話す方法がないと思ったから。さっきわたしは、一絵さんと望月さんに、〝もう一度、秋穂と話してみてください。秋穂なら、本当のことが分かっているはずです〟とお願いしたの。でも、やはりあなたは、なにも話さないだろうと考え直した。毎日遅く帰ってきて、あなたは目を逸らしているんだから」

「わたしが、なにから目を逸らしているっていうの？」

「お父さんからよ」

「お父さんなんて……わたしは、ただ相手にしていないだけ」

四人は所長室の応接セットに座っていた。ふたり掛けのソファに明日香と一絵が並び、ガラストップのローテーブルを挟んで幸子がふたり掛けにひとりでいる。秋穂は、テーブルの一辺にあるひとり掛けのソファに腰を下ろしていた。その配置に一絵は、母と娘の距離を感じた。

幸子が今度は、向かいにいるふたりのほうを見て語り始めた。

「主人は、春菜の結婚に反対でした。齢が十五歳離れているということもありましたが、相手が婿《むこ》養子になるのを拒んだからです。こちらは男子がいないのだから、長女と結婚するなら婿に入れというのが主人の考えでした。でも妊娠していることが分かり、気が進まないままに許した。そして春菜は家を出た。主人の強いこだわりから、春菜も離れたかったのだと思います」

一絵は、さりげなく秋穂の表情を窺った。母が語る姉の結婚の経緯《いきさつ》を、彼女がどんな顔で聞いているか興味を持ったのだ。秋穂は無表情だった。

「結婚後、春菜は体調を崩しました。どうやら相手が、交際中とは違う本性を見せたようです。横暴で、あらさがしばかりすると。そんなこともあってか、春菜は流産してしまいました。そんな春菜に向かってうちの主人は、夫婦養子になって高垣の姓にすれば運気が変わるはずだと言い放ったのです。さすがに春菜は、連絡を寄越さなくなりました」

秋穂は相変わらず無表情のままだ。ふと隣を見やると、瞳に静かな怒りを宿しているのは明日香のほうだった。

「それから半年ほどして春菜から連絡がありました。離婚することにしたと。反対された結婚だったのに離婚するのは自分のせいだから、ひとり暮らしをすると言い張ります。でも間もなく、やはり身体がきついらしく、家に帰りたいと泣きながら縋ってきました。わたしはすぐに迎えるつもりでしたが、主人は世間体が悪いと躊躇したのちに、仕方なく受け入れたのです。春菜が帰ってからは、いつまでも部屋でゴロゴロしているなと責め立てます。荷物の整理ができないのだって、部屋の中が散らかっているのだって、仕方がないはずです。あの子は、離婚したばかりなんですから。少しくらい無気力になっても、それが当たり前です」

幸子はひと息に語った。

そこで一絵は口を開く。

「では幸子さんは、今の春菜さんが部屋を片づける必要はないとお考えなんですね？」

「ええ」

「春菜さんに部屋を片づけさせることを望んでいるのは、茂さんであると？」

「ええ」

一絵は、今度は秋穂に確認する。

「秋穂さんからのご相談は、〝姉の部屋がゴミで溢れているので、片づけてほしい〟と両親から頼まれたということでしたね？」

秋穂が頷く。

一絵がさらに訊く。

「幸子さんが望まず、茂さんだけが望んでいたことを、両親から頼まれたと言ったのはなぜですか？」

「わたしは家族のことに無関心でした。それでも、父が姉に部屋を片づけさせたいとやきもきしていることには気づいていました。両親から頼まれたとお伝えしたのは、トラブルの解決支援をしてくれる業者を見つけて依頼するように、わたしに言いつけたのが母だったからです」

一絵は幸子を見る。

「傷ついた春菜さんをそっとしてあげたいと考えるあなたが、我々に介入するように望んだのはなぜですか？」

「それは、膠着《こうちゃく》したわたしたち家族の関係を壊してほしいと考えたからです」

幸子が秋穂に顔を向ける。

「さっき、あんたは、お父さんなんて相手にしていないって言ったけど、やっぱり目を逸らしているだけ。忙しがって、見ないように、聞かないようにしているだけなのよ。それならいっそ家から出て行ったほうが、あなたのためになる」

「なに言ってるの⁉　わたしが家に居続けてるのは、お母さんのためじゃないの！　あんなお父さんのいる家に、お母さんだけを残していけないでしょ！」

「あんなお父さんって言うけどね、わたしにしてみれば自分で選んで一緒になった人なのよ。堅物だし、ピント外れなところもある。けど、不愛想なわたしに文句を言わないし、なにより浮気をしない」

秋穂が苦しげな表情をした。いったい幸子は、秋穂の不倫に気づいているのか？　それとも、なにも知らないのか？

「だけど秋穂、あんたは違う。あんたは、あの家にいたらだめになる」

秋穂は黙っていた。

「秋穂さんは、本当にこのままでいいのですか？」

そう言ったのは、明日香だった。

「いいのですか？」

明日香がそう繰り返す。

秋穂が黙ったままうなだれた。

今度は明日香が、幸子に向かって言う。

「幸子さんのお考えは確かに伺いました。しかし、まだ茂さんのお考えを伺っていません。あしたの午前に伺って、茂さんと直接お話しします！」

今度は明日香が、一絵に顔を向ける。

「あしたの午前――いいですよね、一絵さん？」

有無を言わせぬ勢いに、一絵はたじたじとなりながら、「ああ」と応える。


御徒町駅前で幸子と別れた。別れ際に一絵は、「先ほど望月が申し上げたとおり、明日の午前中にお宅に伺います」と再度確認しておいた。

「幸子さんのお考えは伺いました。明日、茂さんのお考えを聞いたうえで、春菜さんにどのようなお声がけをするか。あるいは、なにも言わずにおくのか。それを決めたいと思います。それが、我々の仕事になります」

「よろしくお願いいたします」

幸子は丁寧にお辞儀すると、改札の向こうに消えていった。

一絵が今度は明日香のほうを向く。

「春菜さんに対する茂さんの仕打ちに、腹を立てていたようだね」

「あたしの個人的な感情なんです。先日、珍しく父から電話があって、〝早く孫の顔が見たいな〟と言うんです。それを聞いた途端、電話を切りました。すぐに父はＬＩＮＥで、〝冗談だ〟って言ってきたんですけど、返信してません」

一絵は黙っていた。

「すみません。私情を交えて」

「私情が、相手に寄り添えることもあるさ」

「秋穂さんに当たりが強くなったのもそう。べつに彼女が不倫してるのが許せないわけじゃないんです。むしろ、不倫だって一生懸命してるんだったら、それもいいかなって。でも秋穂さんの場合、なんかふわふわしてるじゃないですか。にもかかわらず、〝忙しくて、家のことにかかわっていられない〟なんて言い訳にして。だから、〝このままでいいのですか？〟って訊いたんです」

今度は明日香が見返してくる。

「愛妻家の一絵さんとしては、不倫して奥さんを悲しませる陣内所長が許せないんですよね」

「なんだいそれは？」

「あの大瀬良さんて刑事さんが言ってた〝愛妻家〟ってとこだけ耳に入ったので」

一絵は応えずに腕時計を見やる。六時になろうとしていた。

「堀井さんに電話をしてみる」

パシフィック産業の終業時刻は五時半であると、受付で聞いてきた。忙しいと言うからには、残業しているはずだ。帰宅時間の目処を尋ねるつもりだった。

内ポケットからコードバンの黒い名刺入れを出し、もらった堀井の名刺を取り出す。そして彼が所属する企画事業部の直通番号にかけた。しばらく呼び出し音が続いたあと、男性の声が出た。

「私は一絵と申します。堀井さんをお願いしたいのですが」

「本日は退社しました」

「えっ？」

忙しいと言っていたのに……。

一絵は、「弊社にテレビシステム事業本部という部署はありませんが」と怪訝な表情をしていた受付女性を思い出す。そして電話口の社員から、堀井について情報を引き出すことにする。

「失礼ですが、企画事業部の方ですか？」

「いいえ。私は隣の部署の者で、電話が鳴っているので出たんです」

「ああ、そういえば、企画事業部は毎日定時上がりでしたね」

出まかせを言った。

「そうですね」

という応えをもらう。

「あの部署には、めったに外線など入らないのでしょうね」

「まあ、そうでしょう」

一絵は礼を言って電話を切った。

——どういうことだろう？　堀井は忙しいと言っていたではないか。

明日香に電話の内容を伝えてから、推測したことを言う。

「堀井さんが今いる部署は閑職だと思う」

「じゃあ、仕事以外のなにを忙しがってるんでしょう？」

「ここからだと高田馬場の堀井さんの家に六時半過ぎに着く。行ってみよう」

コーポ・レーストラックの堀井の部屋のドアホンを押すが、彼は帰宅していなかった。その後、八時まで建物の前で待ったが、堀井が帰ってくることはなかった。

4

翌朝六時半に、ふたりは再びコーポ・レーストラックの前にやってきていた。出勤する堀井を捕まえることにしたのだ。

始業時間は八時半であることを、やはり受付で聞いていた。七時過ぎに堀井がマンションから出てきた。

「堀井さん」

一絵が名を呼ぶと、びくりとした表情を見せる。しかし足を止めることはなく、駅の方向へと足を速めた。今朝も、オーデコロンのにおいを漂わせている。

一絵も早足で横に並び話しかける。

「部屋に入らせていただく件なんですが」

「これから出勤しようって時に、なにを言ってるんですか！」

「では、いつならいいんでしょう？」

「だから、忙しいんですよ！　忙しいんだ！」

堀井が、こちらを振り切って走りだした。

一絵は彼の背中を見送る。

「行かせちゃっていいんですか？」

そう言う明日香に向けて頷く。

「堀井さんが出社したことは分かった。それに、勤務先を定時に出るのも分かっている」

「なるほど、そこを狙うわけですね」

その後は、剣崎に進捗状況を報告するため出社する。明日香は途中コンビニに寄り、ロールケーキとミルクココアを買った。

「甘い物も好きなんだ？」

と一絵が訊くと、明日香はけろりと頷く。

「フィールドが広いね」

早起きが苦にならない一絵は、自宅で朝食を済ませてきているので、ホットコーヒーだけを買って行く。

会社で剣崎への報告と溜まっていた事務作業を行い、滝野川の高垣家へと向かった。

「どうですか、春菜は部屋を片付けると言っていますか？」

玄関を上がってすぐの茶の間に明日香と一絵が正座すると、さっそく茂が訊いてきた。

「春菜さんの部屋がゴミ屋敷状態だというのは事実ですか？」

一絵の質問に、茂がいきなり目くじらを立てる。

「部屋の前に荷物が積んだままなのを、あなたも見たでしょう？　どうせ、部屋の中も散らかっているはずだ。片づけもしないで、毎日ただゴロゴロして。働かざる者食うべからずって言うでしょう。ただでさえ、離婚して世間体が悪いって言うのに」

今日は幸子も座卓の一角に着いていた。

茂が、一絵を見やる。

「あなたなら分かってくれるでしょ？　離婚した娘を持った親の気持ちが。私はね、最初から春菜の結婚には反対だったんですよ。うちは娘がふたりですからね、相手の家に長女を取られて悔しい思いを味わわされたんです。流産して出戻ってきた春菜に、もう婿を取って子を産ませるなんて望まないほうがいいでしょう。こうなったら、秋穂に期待するしかない。そうでないと、家が途絶える」

「家が途絶えるとなにか不都合なことがあるのですか？」

「はあ？」

「茂さんは先ほど、世間体が悪いと言った。世間体とはなんですか？」

茂がぽかんとしていた。

「今時、離婚は当たり前で、世間はなにも気にしません。離婚してショックを受けているのは春菜さんです」

隣にいる明日香が、我慢できないというように立ち上がった。そして台所を抜け、奥の階段を駆け上がっていく。一絵もあとを追った。

明日香は春菜の部屋の前に立っていた。彼女が襖の向こうに訴えかける。

「春菜さんはなにも気にしないでください！　そして堂々としていてください！　元気が出るまで、そこで力を蓄えていてください！」

階段を上がってくる音がして、急いで振り返る。茂か？　いや、やってきたのは秋穂だった。

「お姉ちゃん、わたしと一緒にこの家を出よう！　それで一緒に暮らそう！　こんな家にいたら、わたしたちだめになる！」

秋穂が、今度は明日香と一絵に向けてささやく。

「わたし、父に反発して、つまらないことをしてました。結婚に結び付かないことを。分かりますよね、どういうことか？　うちの会社、本社が神戸《こうべ》にあるんです。所長は単身赴任で、わたしは身の回りの世話をしてました。それがいつの間にか……。そんなのを忙しいって言い訳にしてたんです。おふたりにわざわざ会社に来ていただいたのは、自分のバカさ加減をさらけ出したかったから。それで、やり直すきっかけにしたかったのかもしれない」

彼女が、真っすぐに明日香を見る。

「昨日、〝本当にこのままでいいのですか？〟と言われ、決心がついたんです。さっき、所長に退職願を出してきました」

明日香が頷き返した。

その時、目の前の襖がことりと開いた。三人の間に驚きが広がる。そして憔悴《しょうすい》しているが、秋穂よりも陽性の顔立ちの女性が姿を現した。

「秋穂、わたし一緒に行っていいの？」

かすれた声でささやく春菜は、どこか吹っ切れた様子だ。

「お姉ちゃん」

秋穂が春菜を抱きしめた。春菜の背後の室内は、荷解きされていないままの段ボール箱が積まれてはいたが、整然としていた。

その日の五時半近く、明日香と一絵はタクシーの中にいた。タクシーは、パシフィック産業研究開発センターの前の道に停まっている。ススキ原が風に揺れていた。

「会社から出たところをすぐに声がけすれば、また忙しいと言い訳して社内に戻ってしまうかもしれないしな」

「駅に向かうにしても、堀井さんと同じバスに乗るわけにはいきませんもんね」

「そういうことだ」

「あ、出てきましたよ」

終業時間を過ぎると、エントランスから二十名ほどの社員が現れた。その中に堀井の姿も見える。社員らは、車寄せに停められた専用バスに乗り込む。

「社員用の送迎バスがあるわけだ」

芝生に囲まれた広いアプローチを通り抜け、バスが研究開発センターの敷地を出ていく。

タクシーにバスを追跡してもらう。

JRの南武《なんぶ》線と小田急線が乗り入れる登戸駅に到着する。堀井が小田急の改札を抜け構内に入ると、明日香と一絵もあとを追う。

新宿行きの快速急行電車は、沿線に大学が多く帰宅ラッシュで混んでいた。ふたりは堀井の姿がやっと視界に入るくらいに距離を保ち、同じ車両に乗った。

終点の新宿に着くと、降車ホームが人で溢れ返った。すし詰め状態の階段を止まり止まり上がる間も、堀井の背中から目を放さない。堀井は南口の乗り換え専用改札からＪＲの構内に入った。

やはり混み合う山手線外回り電車に、堀井に続いて乗り込む。そして六時半前には、高田馬場駅に着いていた。

「帰宅するようですね。声をかけますか？」

駅から出ていく堀井を追いながら、明日香が言う。

「いや、もう少し彼の行動を見ることにしよう。なにが〝忙しい〟のか確認するんだ。そのうえで、室内への立ち入りの交渉をする。〝忙しい〟を言い訳にさせないように」

駅前商店街を抜け、コーポ・レーストラックがある住宅地とは反対の住宅地を歩き、比較的大きな公園に入った。辺りはもう暗い。高い位置にある外灯が照らす園内には砂場や遊具があるが、人の姿はない。堀井は、大きなケヤキの樹の下にあるベンチに腰を下ろした。ビジネスバッグを膝に乗せ、彼はじっと動かなかった。ふたりはその姿を公園の外から見つめていた。

二時間が経っていた。昼間はコートがいらなくても、陽が落ちてから長時間野外に立っていると肌寒い。バッグを抱え、蹲《うずくま》るようにしていた堀井が立ち上がった。

明日香と一絵は、公園を出ていく堀井のあとをつける。彼は自宅に向かっているようだった。

コーポ・レーストラックまでたどり着くと、中へと入っていった。

エントランスの上の堀井の部屋に明かりが灯った。それをふたりで見上げる。

「よし、行こう」

一絵は言った。

明日香が頷き、ふたりでエントランスを抜け二階へと階段を上がっていった。階段は、L字型の建物の長手部分の廊下の中央にある。廊下の突き当りにある堀井の部屋のドアが開き、彼が出てきた。鍵を閉めるとこちらを見た。廊下に明日香と一絵がいるのを見て、彼が慌てて引き返そうとする。

「待って！」

一絵が声を上げ、ふたりで急いで駆け寄る。

堀井はうろたえていて、ドアの鍵を開けるのに四苦八苦していた。やっとドアを開けると、身体を滑り込ませようとした。だが一絵がノブを摑み、ドアを閉めさせなかった。堀井が手からなにかを落としたようだ。パックに入ったままの新しい下着だった。

部屋の中に入ってドアを閉めようとする堀井と、ドアを開けようとする一絵とでせめぎ合った。しかし、堀井が諦めたようにノブを放す。ドアを開けると、真っ暗な室内から放出される臭いが一絵の鼻をついた。ネギが腐ったような、卵が腐ったような、あるいはその両方が混じったようなにおいだった。

ドアの横の壁をまさぐり、天井照明のスイッチを探す。次の瞬間、蛍光灯の白い明かりが照らしだした光景に愕然《がくぜん》とした。明日香も声を失っていた。

部屋の中はゴミで溢れていた。足の踏み場もないというより、腰の高さまで積み重なったゴミが見渡す限り続いていて玄関から奥に進めなかった。床が見えているのは、玄関の三和土だけである。おそらく最初は、可燃ゴミと資源に分別をしていたのではないか。2Kの奥の部屋に、空のペットボトルだけがいっぱいに詰まった四十五リットルのポリ袋が見えた。生ゴミなどが入っている袋もある。そうやって分別しているような気配のあるポリ袋が、半開きになっているカーテンの前に積み重なっていた。カーテンレールから半分カーテンが外れてしまっているのも、ゴミの重さのせいである。袋の中は、玄関に近づくにしたがって、資源とゴミが一緒くたになり、やがて袋にも入れられずに放置されるようになっていた。段ボールの空き箱、値引きシールの付いた弁当のふた、飲みかけのペットボトル飲料、和菓子の詰め合わせの空き箱、ハンバーガーの包み紙、割箸が突っ込まれたままの弁当の容器、スナック菓子の袋、ほかにもたくさんの判然としないなにかが散乱している。出入り口の脇は台所で、シンクにも汚れた食器やスープの残ったカップ麺の容器、缶詰の汚れた空き缶が放置され溢れかえっている。ガスコンロの上には電気ポットや重なった鍋のほか、ビールやハイボールの空き缶が転がっていた。冷蔵庫の前にも、トイレや風呂場らしい扉の前にもゴミは積み重なっている。この季節でなかったら、臭いはもっときつかったはずだ。

「いつ頃から、こうなんですか？」

一絵の質問に、「一年……いや、もっと前からです」堀井がぼそりと応える。

一絵は自分の推察を伝える。

「エントランスの天井の染みですが、飲みかけのペットボトルが破裂して中の液体が漏れ出たんだと思います。ペットボトルの飲み物は、口をつけた残りを放置すると菌が増殖しますから」

「はあ……」

堀井がうなだれる。

「ここで生活しているわけですよね。どうやって眠るんですか？」

「寝袋に入って、玄関でゴミに寄り掛かるようにして斜めになって寝ます」

「トイレは？」

「うちではしません」

「風呂も銭湯ということですよね？」

「たった今、行こうとしていたところです」

堀井はネクタイを外したスーツ姿だった。ほかの居住者に室内を見られたくないのか、ドアをできるだけ閉めようとしている。しかし、完全に締め切ると三人で玄関に立つことができない。堀井が仕方なさそうに少しだけドアをよけいに開き、廊下に落ちた下着を拾った。

「銭湯で湯に浸かるのが、今の一番の楽しみです。洗濯ができないので、下着もその時に新しいのと替えます。なるべく清潔にはしてます」

「清潔ね」

一絵は部屋の中を改めて見回す。

「オーデコロンで、身体についた臭いをごまかしていたのですね」

堀井が恥ずかしそうに頭を掻いていた。

「片づけようとは思っているんです。だけど……忙しくて……」

「明日、一緒に片づけましょう」

きっぱりと一絵は告げる。

「しかし、会社が……」

「有給休暇を取ってください。おそらく堀井さんは、これまで会社を欠勤したことなどないでしょう。有給もたくさんたまっているんじゃないですか？」

堀井は黙っている。

「いいですね。明日は、朝早くから来ます。これまでの我々の行動でご理解いただけると思いますが、たとえ堀井さんが明日逃げても、部屋が片づくまで毎日やってきますので」

観念したように堀井が頷いた。


翌朝六時五十分にコーポ・レーストラックの前に行くと、すでに白い作業着姿の明日香が立っていた。一絵も入社した際に支給された作業着に、初めて袖を通していた。剣崎からは、「ゴミ屋敷の清掃もあるから」とは聞いていた。

「これ、上から身に着けるといいですよ」

と明日香がスポーツバッグからビニールのレインスーツを出した。

「それと、これ」

使い捨てのシューズカバーとゴム手袋、マスクだった。

「靴を脱ぐのは危険です。なにが落ちてるか分からないので」

礼を言って、胸に㈱近隣トラブルシューター」と赤い糸で刺繍《ししゅう》された白い作業着の上からレインスーツを着込む。

「望月さんは、ゴミ屋敷案件は？」

「これで二度めです。三人でやれば、一日で終わると思いますよ」

「心強い言葉だな」

マンション内に入り、堀井の部屋のドアホンを押す。すると、すぐにドアが開いた。

「おはようございます。今日はよろしくお願いします」

彼が殊勝《しゅしょう》な顔で挨拶する。感心なことに、早くも片づけを開始しているようだった。まあ、自分の家ではあるのだが。

それでも堀井が先に取りかかっていたおかげで、昨夜は三人だと室内に入れなかったのに、そのスペースが生まれていた。

堀井は緩んだ身体をTシャツとスウェットパンツに包んでいる。彼にも明日香が、用意してきたレインスーツを渡していた。シューズカバーも手渡し、裸足では危険だと伝えると、「サンダル以外はこれしかないんです」と苦笑して革靴を履いていた。

三人で可能な限りゴミと資源に分別する。資源はシンクで洗浄するのだが、そのためにはまず台所の掃除が必要だった。明日香は、嫌な顔をせずにそれを行った。

「前にも言いましたけど、あたし学生時代に弓道やってて体育会の寮住まいだったんです。大人数で使う台所掃除に慣れてて」

区の清掃事務所にも明日香が連絡してくれた。四十五リットルの袋一個あたり幾らの有料になるが、収集に来てくれるそうだ。逆に持ち込みは受け付けていない。ゴミ収集の実費は、もちろん堀井が支払う。

ゴミと資源に分別し、ゴミだけで八十袋になった。中規模マンション一棟分のゴミが、部屋に収まっていたことになる。排出されたゴミの袋は、隣にある関根の自動車整備会社の裏のガレージに一時保管してもらえることになった。

ゴミを撤去してみると、和室の二間だった。畳の張り替えとプロの清掃業者によるハウスクリーニングが必要になる。それに、エントランスの天井の染みも消さなければならない。そうした費用については、関根と堀井との話し合いになる。

「これで、今夜から身体を斜めにせずに眠れます」

堀井の顔は晴れやかだった。

「堀井さんは、どこの銭湯に通っているのですか?」

一絵は訊いてみる。

「すぐ近くですよ」

「どうです、これから行きませんか？」

「いいですね」

一絵は明日香のほうを見る。

「そういうことなんだけど、望月さんはどうする？」

「もちろん行きます。さっぱりしたいし」

堀井に案内された銭湯は、商店街にあった。寺社風の立派な破風造《はふづく》りの玄関から中に入り、女湯と男湯の下駄箱に別れて脱いだ履物を入れる。

「一絵さん、出る時の合図どうします？」

と明日香が訊いてくる。

「そうだな……」

すると堀井が、「私がなにか一節《ひとふし》歌うというのはいかがでしょう？」と提案する。

こう見えて面白い男なのかもしれない、と一絵は思う。

「では望月さん、そういうことにしよう」

「了解です」

彼女が敬礼の仕種をして、女湯の扉の向こうに消えた。

一絵はタオルをレンタルした。銭湯に通い慣れている堀井も、これまでと同様にレンタルしていた。日用品はゴミにまみれてしまい、ほとんど廃棄した。文字通り、彼は裸一貫になったのだ。

男湯の脱衣所からは坪庭《つぼにわ》が見渡せた。岩に囲まれた小さな池もあって、ニシキゴイが二匹泳いでいた。

堀井と一絵は、無言で熱い湯に浸かり、頭と身体を洗って、再び無言で湯に浸かった。上がり湯を使うと、一絵は堀井に目配せする。

彼が心得たように頷くと、「♪夕空晴れて　秋風吹き」と気持ちよさそうに歌う。その声が、高い天井に響き渡った。

するとすぐに、「♪月影落ちて　鈴虫鳴く」という歌声が女湯から返ってくる。

「望月さんだ」

一絵が呟くと、堀井が笑みを浮かべた。ひどく幸せそうな笑顔だった。

洗い場を出ると髪を乾かし、一絵は用意してきた白いニットシャツと綿パンを身に着けた。火照《ほて》った身体にスイングトップはまだ必要なく、腕に掛ける。

「一絵さん、湯上りに牛乳はどうです？　今日のお礼に私が買います」

「それより外で一杯飲《や》りませんか？　うちの望月もイケる口なんです。それから、どうか支払いは割り勘でお願いします」

銭湯の外で待っていると、間もなく明日香が出てきた。黒い長袖Tシャツにジーンズ姿で、腕にフィールドジャケットを掛けている。

「飲んでいこうと思うんだけど」

一絵が伝えると、「奥さま、夜教室なんですか？」と言ってくる。家で晩酌しなくていいのか？　と彼女は気を使ってくれているのだ。

「今夜は外で済ませると言ってある」

三人で黄昏《たそがれ》の商店街を歩いた。もんじゃ焼き屋を見つけると、「あそこにしませんか？」と明日香が提案し、男ふたりも賛成して中に入る。

テーブルの鉄板を囲み、「お疲れさまでした！」まずは生ビールのジョッキを掲げた。

「ふーーー」

みんなで揃って長い息をつく。

大きな丼に入った明太チーズもんじゃが来た。

「私がしよう」

そう言ったら、「わあ、一絵さんが焼いてくれるんですか？」と明日香がはしゃぐ。

一絵は鉄板にサラダ油を引くと、両手に持った大きなコテで延ばした。香ばしい油の匂いが鼻先をかすめる。今度は丼の中のもんじゃの具材を木の匙《さじ》ですくい、鉄板の上に広げた。じゅわーっという音が湧き立つ。両手にコテを持つと、キャベツ、薄切りの餅《もち》、揚げ玉、明太子、チーズなどの具材を鉄板の上でいそがしく刻む。どこまでも刻む。鉄板の上に、あらゆる混沌《こんとん》が現れる。もんじゃを焼く時には、いつも世界を、地球を、切り刻んでいるような気になる。しかし、やがて気づく。そんな大げさなものではない。自分はただ、うまいものを食おうとしているだけなのだと。

細かくした具材で、丸く土手をつくる。できた土手に、醤油をかけ回す。食欲をそそる匂いが、空いた胃袋に呼びかけてくる。続いて鉄板に出現したカルデラに、小麦粉を緩く水溶きしたもんじゃ汁をそそぎ入れる。じゅーっ。

「私は東京の下町で生まれて育ちました」

その辺りの事情を知っている明日香にではなく、堀井に向けて話しかけていた。

「幼いうちに両親を突然立て続けに失ったので、ふたりの記憶をしっかりと刻みつけていなかったんです。もんじゃ焼きを親子三人で食べた場面は、数少ない記憶の断片です」

堀井が神妙《しんみよう》な表情を見せる。

土手の中のもんじゃ汁が、ぐつぐつ言いだした。一絵は全体を鉄板に広げる。そして、焼きつけるようにコテを押しつけた。

「さあ、いいでしょう」

そう言うと、自分が率先してもんじゃ焼きの端を、今度は小さなコテでこそいで口に入れる。かりっと焦げた部分の歯触りのあとで、さまざまなうまみの要素が渾然一体《こんぜんいったい》となって広がる。熱いマグマが舌を焼くと、慌ててジョッキのビールを流し込む。

「うん」

一絵は満足げに唸っていた。

明日香が、「いただきまーす」とコテでもんじゃ焼きをへずり取った。

「おいしい！」

堀井が、「私もいただこうかな」と遠慮がちにコテを伸ばす。

「うむ、これは——うまいです！」

しばらくみんな無言でもんじゃ焼きを食べ、ビールを啜っていた。

「私はパシフィック産業で長年テレビの研究開発を行ってきました」

堀井がぽつりともらす。

「テレビほどつくっていて面白い製品はない。私はそう思っていました。夢中になって仕事ばかりしていたら、建てた家から女房と子どもに追い出されました。私はコーポ・レーストラックにひとりで暮らすようになりましたが、テレビをつくれていればそれでよかった。ところが、会社はテレビ生産から撤退してしまったんです。今の若い人たちはテレビなんて観ませんからね」

　堀井がジョッキの残りのビールをあおり、お代わりした。

「今の部署は、ワーク・ライフ・バランスの実現なんて言って定時で帰らせます。仕事は、新しい企画を考えて提出することですが、会社側は端《はな》から採用するつもりなんてありません。企画書をみんな没にして、諦めて辞めていくのを待っているんです」

　一絵は訊いてみる。

「毎日、家に帰る前に公園で過ごすのですか？」

「ネットカフェに行ったり、ひとりカラオケ《ヒトカラ》をすることもあります」

「カラオケ――なるほど、それで〝歌〟か」

「銭湯で歌った『故郷の空』なんですが、スコットランド民謡のメロディに詞を乗せた唱歌です。ただし、原曲の歌詞とはまったく異なります。ドリフターズも同じメロディで、

〝♪誰かさんと　誰かさんが　麦畑　チュッチュチュッチュしている　いいじゃないか〟

と歌っていますが、原曲は、むしろこちらに近いらしい。しかし、『故郷の空』が生まれた明治は富国強兵の時代ですからね、あまりくだけた調子とはいかなかったんでしょう」

「歌がお好きなんですね」

「歌うことは好きですが、会社帰りにヒトカラをするのは目を背けるためです」

彼がゆっくりと首を振った。

「なにから目を背けているかといえば、自分が閑《ひま》であることからです。ネットカフェや公園で長い時間を過ごすのもそのためです。テレビシステム事業本部にいた頃は、ずっと忙しかった。部屋の片づけもできないほど。それが二年前に企画事業部に移ってからは、やることがなくなった。部屋を片づける時間はたっぷりあるんですが、手をつければ閑な自分を認めることになる。だから怖くて、放っておいた。それどころか、ますます家の中を散らかしていった……。おかしいですよね？」

一絵はそれには応えず、「せっかくみんなで片づけたんですから、もう散らかさないでくださいよ」と言う。

「もうしません」

と堀井が返す。彼のビールが運ばれてきて、一絵は店の人に自分の新しい生ビールを頼んだ。

すかさず明日香が、「あたしも」と注文する。

一絵は堀井に訊いた。

「なぜ、テレビをつくることに携わろうと考えたのですか？」

「まず電子機器としての構造の面白さです。それから、いろんなコンテンツを映しだす魔法の箱であること。まあ、今は箱というより板なんですが……。あ、歌番組のために、音響にもこだわってました」

そこまでしゃべって、はたと言葉を途切る。

「待てよ、いろんなコンテンツか！」

そう繰り返すと、あとは完全に黙り込んでしまった。だが、目は輝いていた。

5

翌週、堀井のゴミの収集を指定された日の朝、明日香と一絵はコーポ・レーストラックを訪れていた。関根の自動車整備会社に預けてある八十個のポリ袋を、堀井と一緒に収集所まで運び出す。

ガレージの外には大きなカキの木があって、熟した実を取り合うヒヨドリの声がしていた。一絵は、ふとピーのことを思う。

すべて運びだすと、堀井が礼を言ってから、「これからパシフィック産業に退職願を出します」と告げた。

それを聞いて驚く。秋穂に続いて彼も〝退職願〟か。

「テレビシステム事業本部で４Ｋの画質を画像データで圧縮する業務に取り組んでいたんです。その際、三十五ミリや十六ミリの古い記録映像フィルムを４Ｋデジタル化するのが課題になっていました。そうしたフィルムは脆《もろ》く、多くはワカメ状に波打ったり、反《そ》って破損したりしているんです。特に、フィルムの縁に一定間隔で開けられているパーフォレーションという送り穴が破損している場合には、従来装置では手に負えない。この問題を解決するメカニズムを思いついたんですよ。このアイデアを事業化するため起業することにしました」

彼が天を仰ぐ。釣られて明日香と一絵も見上げたら、目に染みるような秋空が広がっていた。

「一絵さんのおかげです。あの日、なんでテレビに携わるのかって訊かれて、私はいろんなコンテンツを映しだすからだと。それで、ここに行き着いたんです。費用がかかるため、倉庫に眠ったままの地方の行事や卒入学式なんかの古いフィルムの記録をデジタルデータ化すれば、インターネットを介したオンデマンド映像配信サービスのキラーコンテンツともなり、保存と利用の両立が可能となります。僕はね、子どもたちが生き生きと歌う表情を蘇《よみがえ》らせたいんです」

ゴミ屋敷から脱出した堀井は、別人に生まれ変わっていた。

土曜日、陶子と一緒に近所の市場に買い物に行く。練馬は関越道《かんえつどう》の出入り口である。日本海で水揚《みずあ》げされた新鮮な魚貝を、長距離トラックは、まずここに落としてゆく。魚屋を覗いていたら、市場の乾物屋の主人が声をかけてきた。

「やあ、一絵さん」

「こんにちは」

夫婦ともに、彼のことを〝オジサン〟と呼んでいる。七十過ぎの彼が、自らを〝オジサン〟と称しているからだ。オジサンの店で、陶子はヒヨコマメや昆布などの食材を買う。

「これ買ったよ」

とオジサンが、エコバッグの中を見せる。パック詰めされた煮アナゴと卵焼きだった。

「オジサンは、これでお昼ご飯にする」

彼は、いつも店で土鍋でご飯を炊いている。ひとりでやっている店なので、今は留守状態というわけだ。それでも、「寸《すん》の間《ま》だから」と言って鍵を掛けない。

「魚屋の社長の煮るアナゴの味は最高だからね。ワサビをちょいとつけて、酒のいいアテになるよ。一絵さんも、晩酌はこれにしたら」

オジサンと別れ、魚を見て回る。トロ箱のサバがよかった。

「今夜は〆サバにしようかな」

一絵が言うと、「いいよ」と陶子がほほ笑む。

刺身の中では、〆サバが一番好きだ。そして、陶子がつくる〆サバが一番だ。出来合いの〆サバは酸っぱいのが多い。陶子は酢を少なめに塩で〆る。

「サバを一本」

一絵が言うと、五十代の社長が、「三枚におろします？」と訊いてくる。

陶子が首を振るのを見て、「そのままで」と一絵は応えた。

第六章　ミスマッチ

1

洗面所でひげを剃っていると、鏡の中に陶子が立った。

「なんて顔してるの？」

と彼女に言われ、どぎまぎしてしまう。自分はどんな顔をしていたろう？　鏡に顔を映していたのに分からない。

夕べ、若い頃の陶子を抱いた夢を見たのだ。

十二月に入っていた。スーツの上に黒いステンカラーコートを羽織り、マンションのエントランスを出ていく。すると、路地を挟んだ公園に明日香が佇んでいたので驚く。

「おはようございます」

彼女もベージュのコート姿だった。いつものようにリュックを背負っている。

「おはよう」

と返してから、「なんでここに？」と一絵が訊く前に明日香が疑問に応えた。

「今度の案件で向かうマンションと一絵さんのお宅、ほんとに近いんですね。それで、一絵さんがどんなところに住んでるんだろうって、好奇心で来ちゃいました」

「そういうことか」

彼女が十階建ての薄いグレーの建物を見上げる。

「落ち着いた雰囲気の、いいお住まいですね」

「築二十年になるが」

ふと先ほどのことを思い出す。陶子が「なんて顔してるの？」と言って、おかしそうに笑っていたのを。

一絵は、「さあ、行こう」と明日香を促す。

確かに近所だった。いかにも団地然としたエレベーターのないコンクリートの六階建て三棟の都営住宅は、一絵の自宅から歩いて十五分ほどのところにあった。それで今朝十時の訪問を、直行扱いにしてもらったのだ。

相談者は二号棟五階の住人だったが、付属の集会所で面会した。一号棟の隣に立っている集会所はやはりコンクリートの平屋で、二十一畳〜二十二畳ほどの広さがある和室だ。中央に座卓が幾つか列をつくっており、そのひとつを挟んで岡林《おかばやし》と向き合っていた。明日香も一絵も正座し、脇にビジネスバッグと脱いだコートを置いている。サッシ窓の引き戸からは、中庭が見渡せた。落葉した大きな桜の樹が一本、それを取り囲むように花壇が配置されている。この時期とあって花のない花壇だが、非常に手入れが行き届いているのが一絵にも分かった。

「今度引っ越してきた人が、自治会に入りたくないってごねてるんですよ」

相談者の岡林は七十代前半。両耳の上にわずかに白い髪を残しただけで、あとは完全に禿《は》げ上がっている。白い顎ひげを仙人のように長く伸ばしていた。現在、三棟の都営住宅を束ねる自治会の会長を務めている。

「自治会や町内会は、ただの親睦《しんぼく》団体《だんたい》ではありません。その歴史を紐解《ひもと》くと、江戸時代の五人組制度《ごにんぐみせいど》にたどり着きます。五人組とは、幕府が強制施行した農民や町人の隣保組織《りんぽそしき》です。五軒ひと組で組織し、相互監察、相互扶助、貢納確保《こうのうかくほ》を目的に生活のあらゆる面で連帯責任を負わされました。五人組の中の一軒が税金を支払えなければ、ほかの四軒が代わって支払わなければならないのです。この五人組制度は太平洋戦争下、隣組となって復活しました。近隣数軒が一単位となって、互助、自警、配給などに当たったのです」

淀みなく物語る岡林に対して、明日香が異議を唱える。

「隣組は、戦時下において国が戦争総動員体制を実現するために強制加入させた制度ですよね。敗戦後はこの訓令は廃止されました。自治会や町内会は、地縁にもとづいて自主的につくっている一種の懇親団体です」

「懇親団体って、あなた……」

岡林が長い顎ひげを震わせる。

「回覧板を回したり、冠婚葬祭の互助的活動をしたり、町や村のお祭りでお付き合いをしたりする任意団体です」

「任意団体って、あなた……」

「自治会は、居住者の自主的な意思によって運営されるのが大前提です。居住者に対する法的強制力はいっさいありません。入会する義務も責任もないのです。そもそも五人組や隣組といった歴史を振りかざせば、強い締めつけを感じて自治会に入るのを躊躇してしまうのではないですか」

すると岡林の白い眉毛が吊り上がった。

「自治会はな、すべての居住者が安全で健《すこ》やかな生活を送るために機能する組織なんだ！」

「〝安全で健やかな生活〟とはなんですか？」

「それは……夫婦が安心して子育てができる環境だ。さらには、その夫婦が平和に老後を暮らせることだ」

「居住者には独身者も、子のない家庭もありますよね。今は価値観や生活が多様化しています」

「屁理屈を言うな！　そっちの質問に対して、一例として応えたまでだ！　この都営住宅は、いわば小さな民主国家だ！　なにかひとつ決めるにも、自治会の集会にはからなければならないし、参加できない時には委任状の提出が求められるんだ！　なにより自治会には、ここに住んでいる人たち全員が加入しているんだ！　それが、一戸だけ入りたくないなんて許されるものか！」

そう怒鳴り散らすと、明日香を睨《ね》めつける。

「毎月定額を支払えば、居住者間のトラブルにいつでも即時対応してくれるっていうから、お宅の会社と契約したんじゃないか。それが、いざ相談してみれば、トラブルを解決してくれるどころか逆に説教をたれる始末だ。いいか、お宅に支払ってる料金は、居住者の自治会費で払っているんだぞ」

相手が顧客である以上、明日香も黙るしかない。そこで一絵が割って入った。

「承知しました。自治会の入会について我々が交渉してみましょう」

「すみません。うまく話が進められなくて」

集会所をあとにすると、明日香が謝る。

「いや、岡林会長が興奮したおかげで、率直な考えが分かったぞ。つまりは、この都営住宅においては、自治会への加入は絶対だということだ」

剣崎の言いぐさ――「やあ名コンビ、ちょっと来てくれ」ではないが、齢の離れた明日香とは、いいコンビになってきた。恋愛に興味がないと断言し、直情的な部分はあるが正義感の強い明日香と、自分。……では、自分はなんだ？　明日香について直情的だの、正義感が強いだの並べておいて、自分はどんな人間なのだ？　警察官を辞めた自分。自分は……。自分は……。

「自治会への入会の件ですか、確かに岡林さんから勧められました」

表札に〔相馬《そうま》与志夫《よしお》　順子《じゆんこ》〕とあるので分かるのだが、彼女が妻の順子だろう。七十二、三歳といったところ。ゆるくウエーブのかかった髪を淡い茶に染めている。この年代の女性がユニフォームのように愛用しているチュニックを着ている。

二号棟一階に住む相馬家の玄関で来意を伝えると、順子がはばかるように周囲を窺ってから二人を招じ入れた。やはり自分たちが、自治会に加入するのを拒んでいるのを気にしているようだ。

中に入ると床がビニールタイルのダイニングキッチンで、テーブルに椅子が四脚置かれていた。

順子がふたりをそこに掛けさせると、奥へと消える。しばらくして、同年代の男性と戻ってきた。

「夫です」

と彼女が紹介すると、白髪をきれいに七三に分けた与志夫が頭を下げた。

一絵は、順子が彼を〝主人〟ではなく、〝夫〟と紹介したのに興味を覚えた。彼女の年代では珍しい。

明日香と一絵も椅子から立ち上がると、お辞儀した。

相馬夫婦がテーブルの向かいに座り、自分たちも再び椅子に腰掛けた。

「自治会に入るのは、お断りしました」

そう言ったのは順子である。与志夫は、彼女の隣で黙ってほほ笑んでいた。

「与志夫さんも、同じ意見ですか？」

一絵の問いに、彼がほほ笑んだまま黙って頷く。

「よろしければ、理由を伺えますか？」

順子は黙っている。与志夫もほほ笑んだまま黙っていた。

しばらくして、順子が質問に応える代わりにこんなことを言った。

「二階の足音がうるさいんです。たぶん、子どもの足音だと思います。なんとかしていただけないでしょうか？」

明日香も一絵も唖然《あぜん》としてしまう。対象者から、逆に騒音被害の相談を受けることになろうとは。

「子どもはひとりではないはずです。ドタドタと、まるで運動会でもしているよう」

順子が、こちらを真っすぐに見る。背筋が伸びた彼女は、若い頃は長く仕事に就いていた感じだ。あるいは現在も外で働いているのかもしれなかった。

「一絵さんに望月さんとおっしゃったわね。あなた方の会社は、この都営住宅で起こる住民間のトラブルを解決してくださるんでしょう？」

「ええ」

とふたりとも応えざるを得ない。

「では、改めてお願いします。二階からの騒音をなんとかしてください」

するとと明日香が言った。

「自治会に訴えて、住民全体の問題として扱ってもらうという方法もありますよね」

彼女としては、これを機会に相馬家に自治会に加わってもらおうとする苦肉の提案だったのだろう。

「〝住民全体の問題として扱ってもらう〟とは、どんなことをしてくれるのですか？　せいぜい、〔騒音に気をつけましょう〕という注意書きを各戸のポストに投函したり、掲示板に貼ったりする程度でしょう。そんなことで問題の解決にはなりません。ともかく二階の足音を静かにしてほしいんです」

明日香の思惑は、脆くも看破されてしまった。

順子がさらに言い募る。

「料金のことでしたら、ご心配なく。わたしたち夫婦は、確かに自治会への加入はお断りしました。それは、自治会活動にいっさい参加しないということです。ですが、おカネのことでもめたくないので、自治会費はきちんとお支払いしております。だから、あなた方に相談する権利もあるはずです」

そこで一絵は訊いてみる。

「上階の方には、騒音被害を伝えたことがありますか？」

「いいえ。トラブルになったら嫌ですから」

「そうですよね」

一絵は転職したばかりの頃、明日香から聞いた「近隣トラブルの当事者になった場合、やってはいけないのが直接相手に抗議することなんです」という鉄則を思い出す。そして、天井を見上げた。

「今は足音、聞こえてきませんね」

「ドタドタが始まるのは、たいてい夕方の四時くらいからです。そのあとほぼ途切れることなく八時頃まで」

上階の子どもは四時に帰宅し、八時に眠りにつく、そんなところだろうか。

「朝方はいかがです？」

「七時〜八時といった感じかしら」

同じく七時に起床し、八時には家を出るという感じか。

「騒音は、相馬さんご夫婦の睡眠時間と重なる時間帯ですか？」

「いいえ。ドタドタのせいで夜眠れなかったり、朝早く目が覚めることはありません」

「就寝に支障はないと」

一絵が確認したら、すぐに言葉を返された。

「だからといって、足音が許されるわけではありませんよね。夕方四時は、わたしたちが毎日楽しみにしている時代劇の放送時間です。夕食の時間も頭の上で子どもが駆け回っています。朝食の時間もそう。日曜日については、ほぼ終日足音がしています」

「分かりました」と一絵は応じる。「今日の夕方四時前に、また伺います」

2

明日香が上に目をやりながら、「なるほど」と呟いた。

隣で一絵も、改めて今また天井を見上げていた。

順子はふたりのほうを向いていた。

「こういうことなんです」

午後四時を過ぎると、頭上を足音が往き来し始めた。順子は先ほど、〝ドタドタ〟というオノマトペを用いていたが、一絵には〝トタトタ〟か〝トントン〟と聞こえた。それは、小さな足が床を打つ音にほかならない。大人の足音よりも軽いが、はしっこく動き回るので気になる。

「たまらないですよ、これを毎日やられると」

順子が嘆く。その隣に立っている与志夫は、静かにほほ笑んでいた。しかし、そういう顔をしているだけで、やはり困っているのだろう。

「二階に行って、静かにしてもらえるようにお願いします」

一絵が言って部屋を出ると、明日香も無言のままついてきた。階段は、相馬家のドアのすぐ前に位置している。煤《すす》けたコンクリートの階段を二階に上がりながら、はたして静かにしてもらえるものなのだろうか？　と一絵は考えている。なにしろ子どもがしていることなのだろうから。

冷たい廊下を歩き、相馬家の上階の部屋の前に立つ。表札はない。カメラのない旧式のドアホンのボタンを押すが、中から反応はなかった。しかし、足音がしているのだから不在のはずはない。足音から連想して、ごく幼い子どものはずだ。子どもだけが、室内にいるとは思えない。

しばらくしてもう一度ドアホンのボタンを押す。

かなり間があいて、ためらったのちにもう一度ボタンを押そうとすると、「はい」という返事があった。年配の女性のしわがれた声だ。

一絵はセールスと間違われないよう社名など名乗らず、単刀直入に用件のみ伝える。

「階下に物音が響いているのですが」

「子どもがいるんで」

相手はそれだけ言うと、ぷつりと通話を切ってしまった。――「子どもがいるんで」のあとに続く言葉は「仕方ないでしょ」といったあたりか。

相手とトラブルになって、相馬夫婦に迷惑がかかってはいけない。これ以上、ドアホンを押すのはよしておく。弱腰だが、持久戦と捉えてその場から引き返すことにした。

相馬宅に戻って、先のやり取りを報告する。順子は不満そうな表情をしていた。与志夫は、ほほ笑んでいる。

それでも、気のせいか階上の足音が断続的になったような気がする。もしかしたらドアホンに出た女性が、子どもをたしなめてくれたのかもしれなかった。だが、もちろん足音が消えたわけではない。

その時、相馬宅のドアホンが鳴った。

順子が応答すると、「上の階の者です」と女性の声が言った。

それを聞いた順子が、確認するように明日香と一絵のほうを振り向く。一絵は、対面してみてくださいというように頷いた。順子が頷き返すと、「お待ちください」と言ってからドアホンを切り、玄関に向かう。

ドアを開けると、三十代前半ぐらいの女性が赤ちゃんを抱いて廊下に立っていた。玄関から上がってすぐの狭いダイニングキッチンに、四人の男女が立っているのを見て彼女は少しうろたえたようだ。それでも間を置かず、「子どもの足音がうるさくて、すみません」と謝った。

女性は三上葵《みかみあおい》と名乗った。

「それから、先ほどは母が失礼いたしました」

ドアホンの声は、葵の母親だったのか。

「今日はこの子の検診があって、わたしは病院に行っていたんです。それで実家の母に、保育園に子どもの迎えを頼んだんです。うちのふたりの子は活発で、手を焼いているところに、足音の苦情があったので、母は慌ててしまって素っ気ない応対をしたと申しておりました」

「ドアホン越しにご母堂とお話ししたのは、私です。苦情というよりも、お願いのつもりだったのですが」

と一絵は言う。そうして改めて自己紹介する。

「自治会からの相談で伺っている、株式会社近隣トラブルシューターの一絵です」

隣で明日香が、「同じく望月です」と名乗った。

葵が慌てたような表情になる。

「〝自治会からの相談〟というのは、うちのことですか？　子どもたちの立てる足音が、そんなに大きな問題になっているのですか？」

「相談の一部ではあります。ほかにも事案があって」

と一絵は言っておく。そうして、さらに訊く。

「お子さんは何人いらっしゃるんですか？」

葵が抱っこしている子どもを見やってから応える。

「この子のほかに、年子《としご》の男の子と女の子がいます。四歳と三歳です」

「先ほどおっしゃったように、お子さんはおふたりとも〝活発〟なのですね？」

今も階上から足音が聞こえていた。それは、玄関先にいる葵の耳にも確かに届いているはずだ。

「申し訳ありません」

葵が平謝りした。

「さっそく対処するようにしますので」

順子がじっと葵が抱いている子を見つめていた。そうして訊いた。

「その赤ちゃんは男の子？　女の子？」

「男の子です」

しばしの沈黙のあとで順子が、「そう」と冷たく突き放した。

葵は、おどおどしてはいなかった。だからといって開き直って図太いというのとは違う。自分が不在にしていた時にあった騒音の指摘に対して、こうやってすぐに応じようとする誠実さと気丈さがある。そんな若い母親が、順子が言い放った「そう」という声に表情を曇らせた。今、階上で足音を立てているのは男の子と女の子の兄妹だ。女の子だって駆け回る。それでも、やはり女の子よりも男の子のほうが活動的だ。自分が抱っこしている赤ちゃんは、階下の住人にとって騒音の根源に加わるだけの存在――それを目の当たりにしたのである。

「さっき、〝さっそく対処する〟っておっしゃったわね？」

「はい」

と葵が順子に向かって返した。

「〝さっそく〟というのは、どれくらい？」

「そうですね、三日ほど」

葵の応えに、順子が明日香と一絵のほうに顔を向ける。

「では、おふたりにも三日後のこの時間にいらしていただきたいんです。その〝対処〟ができたかどうか、立ち会って確認していただけますか？」

「分かりました」

と一絵は言う。横で明日香は黙っていた。

今度は順子が葵のほうを見る。

「あなたも」

「はい」

相馬宅の玄関を葵が出ていき、しばらくして明日香と一絵も辞した。自治会長の岡林が住む二号棟五階に行って、一連の報告を済ませる。そして、外に出た。

「さて、どうするかな」

一絵が腕時計に目を落とすと五時を回ったところだった。勤務時間は六時半までだから、帰社する手もある。

「一絵さん休日出勤も多いのに、ぜんぜん代休とってないですよね。お宅が近いんだし、このまま直帰したらいかがですか？」

「そうさせてもらうかな」

一絵は応えたあとで、気にしていたことを口にしてみる。

「今回の案件、いつもの望月さんと違っているような気がするな」

「〝今回の案件〟って、相馬さんご夫婦が自治会に加入しない件ですか？」

「いや、お子さんの足音の問題のほう」

「いつものあたしと違っているとは？」

「なんだか、あまり気乗りしていないっていうのかな。まさか自分たちが対処する案件じゃない、なんて思っていないよね？」

「まさかです。順子さんが言ってたとおり、自治会費を納めている以上、あたしたちがトラブルの解決支援をしないと。ただ……」

「なんだい？」

「いえ。駅はこっちですよね。失礼します」

一礼すると、明日香は足早に去っていった。

3

「あまり変わりがないですね」

順子がさらりと感想を述べた。そのあとで、「ねえ」と夫のほうを見やる。与志夫は、いつものごとくほほ笑みながら頷いた。約束した三日後のことだった。

「防音性能のあるカーペットを床に敷きつめたんです」

今日は赤ちゃんを連れてきていない葵がそう説明するが、一絵の耳には階上の足音にあまり変化は感じられない。明日香のほうを見ると、彼女は目を伏せていた。

四時を過ぎて、保育園から帰宅した幼い兄妹が上で駆け回っているのだろう。足音がしていた。その足音に、以前と変わりがないのを葵も分かっているようだった。

「もう少しなんとかしてみます」

葵が言った。

「一週間待ってください。いろいろ調べてみますので」

そして一週間後、相馬宅に同じ面々が集まった。

上からの足音に、皆が視線を向ける。

「今度は、緩衝《かんしょう》マットを床に敷いて、さらにその上に防音カーペットを敷きました。いかがでしょう？」

子どもたちの足音は、多少薄まったかもしれない。だが消えたわけではない。ボールでも投げているのか、なにかがバウンドするような音も交じっている。

相馬夫婦が無言で首を振ると、葵ががくりと肩を落とす。しかし、はっとしたように顔を上げると、「すぐに静かにさせますので！」そう言って玄関を飛び出していった。

間もなく足音がしなくなった。

残された四人で顔を見交わす。

しかし、すぐにまた足音が響き始めた。その音は、マットやカーペットが功を奏し多少は低くくぐもってはいたが、耳障りだった。一度気にし始めると、ますます耳についた。これでは、相馬夫婦は確かに落ち着かないだろう。音の発信者に悪意がないだけに、よけい癇《かん》に障るともいえる。


その週の土曜日、自治会主催の消防訓練があると岡林から知らされ、一絵は明日香とともに都営住宅に来ていた。

午前十時、師走の引き締まった空気の中で消防訓練が開始された。三棟の各自室から出た居住者は、整然と列をなして階段を下りると一号棟横にある集会所の前に集まった。集合後は、消火器の放射訓練を実施。粛々《しゅくしゅく》と訓練を行う住民たちの間には和気あいあいとした温《ぬく》もりも漂い、遠巻きに見学している明日香と一絵にとっても快かった。そして、訓練の様子を離れて眺めているのは自分たちだけではなかった。相馬夫婦の姿もあった。

いつの間にかやってきた白い顎ひげの岡林が、明日香と一絵の横に立つ。

「訓練への参加は義務ではありません。ほかに用事がある人だっていますから。今、消火器を持って指導しているのは二号棟に住んでいる消防署員の方でね。ユーモアを交え、丁寧に解説してくれます」

住民らを見つめていた彼が、明日香と一絵のほうを向く。

「自治会では、持ち回りで敷地内の清掃をします。花壇の手入れもします。この時期の花壇は、来春の準備が中心でね。土づくりをしたり、宿根草《しゅっこんそう》の株分けをしたり、結構忙しいんです。それでも親子で参加したりして、住民同士が楽しんで活動しています」

一絵は集会室から見えた冬の花壇を思い出す。

「中庭の一本桜を囲んで、住民同士で花見もします。盆踊り大会もする。規則でがんじがらめになってるのとは違う。自治会とは、自分たちで治めることをいうんです。いや、勝手なことをしゃべりました。失敬」

岡林が去り際に、向こうに立っている相馬夫婦に向けて一礼した。相馬夫婦もお辞儀を返していた。

消防訓練が終わると、葵と初めて姿を見る夫らしい男性がこちらにやってきた。

「三上智人《ともひと》です。このたびはお世話になります。勤めがあって、これまで顔を出せずにすみません」

赤ちゃんを抱いた智人が、明日香と一絵に頭を下げた。彼の脚に、幼い男の子と女の子が絡みついている。この子らが、二階の足音の主というわけか。

葵が言ってくる。

「先日、実家から届いた柿をお裾分けしようと相馬さんのお宅に伺ったんです。でも、〝申し訳ありませんが、受け取れません〟と奥さんに言われてしまいました。〝わたしたちは、ただ静かにしていただきたいだけなんです〟と」

智人が葵の横顔を見やってからひっそりと語る。

「妻とは、〝引っ越しするしかないか〟と話してるんです」

葵がそっと頷く。

「でも、わたしが正社員で働いてる職場がこの近くなんです。今は子育てで時短勤務させてもらってます。この子たちの保育園の送り迎えにも便利です。でも、仕方ないですよね。わたし最近、家ではしゃぎ回る子どもたちに向かって大声を出してしまうことがあるんです。自分がヒステリックに叫んでるのが分かります。こんなのが、いいはずありませんよね」

三上夫婦が一礼して去っていった。彼らもやはり、向こうにいる相馬夫婦に目礼した。相馬夫婦も礼を返していた。

明日香と一絵は、相馬夫婦のところに歩み寄る。

順子が言った。

「ああして元気にしている子どもたちの姿を見ると、飛んだり跳ねたりするなとは言えなくなります。でも、落ち着かないんです。近頃では、少しの足音でも気になるようになってしまって」

彼女が夫に向かって、「ねえ」と確認する。

与志夫がほほ笑みながら頷いていた。

順子がつらそうな表情になる。

「先日、三上さんの奥さんが、柿のお裾分けに来てくれました。心苦しいけれど、それを断った。そんなわたしたちは、ずいぶんと頑《かたく》なで面倒臭い夫婦だと思われたかもしれません。あの奥さんは、こちらの言い分にしっかりと向き合ってくれる気立てのいい人です。わたしたちには子どもがいません。もしも、あんな娘がいたらと考えてしまいます。もっとほかの出会い方がしたかった、と。そうして考えたんです。もしもわたしたちに孫がいたら、二階の足音も許せたんじゃないかと」

一絵にはなにも言えなかった。

さらに順子が続ける。

「夫と話したんです。うちのほうがあとから引っ越してきたんだから、出ていくしかないかって」

彼女がほんのり笑った。

「本当はあの柿、お断りしたくなかったんですよ。だって、とってもおいしそうだったんですもの」

相馬夫婦がそっと頭を下げ、その場を去っていった。

ふたりの後ろ姿を見送りながら、明日香が絞り出すように言葉をもらす。

「ミスマッチなんです」

一絵が明日香の横顔を見やる。彼女が静かに告げた。

「遊び盛りの子どもがいる家庭と、静かに暮らしたい年配者ご夫婦が上下に暮らすことになった。これはミスマッチでしかないんです。いかに防音したとしても、足音は完全には消えない。相手に我慢してもらうしかなくて、解決策はないんです。あたしも、これまで何度かこのミスマッチに出合ってきました」

なるほど、今回の案件に対する彼女の無力感はそこに因をなしているのか。

黙り込んでいた明日香だったが、ふと思いついたように呟く。

「もしも相馬さんご夫婦が二階に、三上さんご一家が一階に住んでいたら……」

「こんなことにはならなかった、と？」

「あ、いえ」

　と彼女が顔を向けてくる。

「一絵さん、また休日出勤しちゃいましたね」

「きみも」

　と一絵は返した。

「お近くなんだし、帰ってゆっくりしてください」

「望月さんは？」

「ミスマッチというだけで、本当に解決策はないのか？　都営住宅を眺めたり、この町を歩き回ったりしてじっくり考えてみたいんです」

　彼女の好きにさせよう、と一絵は思う。

「分かった。なにかあったら、いつでも連絡して」

〝湯上《ゆあ》がり〟というのは、東京弁であるというのをなにかで読んだことがある。東京の下町生まれの一絵も、〝風呂上り〟ではなく〝湯上り〟という言葉を使ってきた。幼い頃、両親は〝バスタオル〟ではなく〝湯上りタオル〟と呼んでいた。

湯上りの一絵は、グレーのスウェットシャツに揃いのスウェットパンツという格好でリビングに戻ってきた。窓の外を見て、

「えっ!?」

と声を上げてしまう。

宵闇のベランダの手すりにヒヨドリがとまっていたからだ。こんな時間に姿を見るのは初めてだった。

「おまえ、まだいたのか」

思わず窓の外のピーに呼びかけていた。近頃は、つがいでやってきて、たいてい日没前には帰る。今は陽が短い。だから、いつもなら四時半には姿を消している。だが、七時になろうとしているのに、まだ一羽だけで留まっていた。

「おまえ、奥さんがいるんだろ? 帰らなくていいのか?」

なおもピーに声をかける。

「リョウちゃんが家にいるのが嬉しいのよ」

と陶子が言う。

「そんなものかね」

一絵は座椅子に胡坐をかいた。

テーブルの上には電熱鍋が載っている。皿には薄切りにした豚バラ肉が並べられ、もう一方の大皿には野菜と豆腐が盛られている。

一絵家の冬の鍋の定番といえば豚しゃぶだ。豚の薄切り肉やホウレン草をさっと湯にくぐらせ、ポン酢やゴマ味噌ダレで食す。毎晩でも飽きないので常夜鍋《じょうや》とも呼ばれる。

「今夜はホウレン草じゃなく、小松菜にしてみたの」

陶子が言いながら、電熱鍋のふたを取る。

「ホウレン草より小松菜のほうが葉の厚みがあって、しゃくしゃくしているでしょ。それでいて味が優しいし。……なんて言いながら、小松菜のほうが安かったからそうしたんだけど」

彼女が笑う。

「小松菜の茎は、湯の中でトロトロになってうまいよ」

一絵は満足げに返す。

鍋では、チキンコンソメを溶かし、たっぷりの日本酒が加えられた湯がぐらぐらと煮立っている。豚肉の脂や小松菜、長ネギや豆腐を待ち構えているのだ。

一絵は缶ビールのタブを引く。そうして、冷蔵庫で冷やしておいた小ぶりなグラスに、ふんわりと泡が立つようにそそいだ。

「ひと口飲むか？」陶子に向けそう声をかけようとした時だ。

一絵のトレーニングルームになっているダイニングのインターホンが鳴った。鍋の湯気を逃がすため、リビングとダイニングを仕切る引き戸は開け放たれている。

誰だろう？　陶子と顔を見交わす。

一絵が立ち上がってダイニングに向かうと、テレビモニターにエントランスにいる明日香の姿が映っていた。

「申し訳ありません、こんな時間に。あたし、思いついたことがあって、どうしてもそれを一絵さんに聞いていただきたくて」

——トーコ、行かないでくれ！

そう念じながら振り返るが、すでに陶子の姿はなかった。

「ピーーーーーーッ」

ベランダにいたヒヨドリが、鋭くひと声鳴いた。そして、夜の闇の中に飛び去った。

一絵はモニターに向かって、「上がってきて」と告げると、エントランスのオートロックを解錠する。

陶子のいない部屋を見回すと、一絵は小さく首を振る。そして、玄関に行ってドアを開け、半身を覗かせる。

廊下の突き当りのエレベータホールに明日香が現れた。彼女がにこやかに笑みをたたえながらこちらにやってくる。

「やあ」

声をかけると、

「こんな時間にすみません」

彼女がもう一度言う。

入るように促すと明日香が応じる。玄関には、陶子の靴が置かれている。それを見やってから明日香も自分の靴を脱ぎ、一絵の用意したスリッパに履き替える。

一絵は彼女からコートを預かって、廊下の壁のラックに掛けた。ふたりで廊下の突き当りの内扉からダイニングに入った。彼女が興味深そうに、ダイニングにあるエアロバイクやバランスボール、丸めて部屋の隅に立てられているヨガマットなどを眺めている。ダイニングの続きのリビングでは、座卓の鍋から湯気が上がっていた。

「携帯に電話したんですけど、お出にならないんで、押し掛けちゃいました」

「家で食事してる時は、スマホをそばに置かないんだ。すまない」

「こちらこそ、お食事中にお邪魔してしまって」

「いいんだ。一緒に食べないか」

「でも」

「いいから」

明日香が一絵に倣ってスリッパを脱ぎ、リビングに入ってくる。

「座って」

食卓の向かいの座椅子を勧める。

彼女は遠慮がちに座ると、「奥さまは？」と訊いてくる。

「急用ができて、今さっき出掛けてしまったんだ」

「そうなんですか」

残念そうに彼女が言う。

「奥さまにお会いしたかったのにな」

「彼女も、望月さんに会いたがっていたよ」

冷蔵庫からもうひとつ冷えたグラスを出すと、明日香の前に置く。そして、ビールをついだ。それから彼女の前にあった陶子の箸と箸置きを、持ってきた別のものに取り換える。

明日香はそれをじっと見つめていた。

「お疲れさま」

と声をかけ、一絵は先ほどついであった泡の消えたビールをひと息にあおる。胃にアルコールが沁み渡った。

「お疲れさまです」

明日香もビールに口をつける。

「今夜は豚しゃぶにしたんだ。鍋にニンニクを丸ごと放り込んであるのが我が家流といえばそうなる」

一絵は菜箸《さいばし》で豚肉や野菜を鍋に投じる。しゃくしゃくした歯応えも欲しくてエノキも入れた。豚の薄切り肉をささっと湯にくぐらせ、明日香の器に取ってやる。

「お好みでポン酢とゴマ味噌ダレを使って。豆腐は熱を加えすぎると、すが立つから。なんなら、中が少し冷たいくらいがうまい」

懸命に来客の世話を焼く。

「鍋の中のニンニクね、豚肉でくるんで食べるんだ。こうやってね。ほっくりとして、たまらないよ」

口をはふはふさせながら、

「火傷《やけど》しないように気をつけて」

と注意を促す。

明日香は上手に豚肉でニンニクをくるむと口に入れた。

「わ、おいし！」

目を見張っていた。

「ポン酢にラー油を入れて、味変するのもいいよ」

明日香が来た時、食卓にはふたり分の箸と取り皿が用意されていた。しかし、室内には一絵だけしかいない。陶子は急用で出掛けたと取り繕ったが、目ざとい明日香はおかしいと感じていないだろうか？

「ワインにしたいと思うんだが、白？ 赤？」

「このお料理だと、どちらがいいのでしょう？」

「どちらでもいいけど、トーコなら赤にするかな。妻の名は陶子というんだ。陶器の〝陶〟に〝子〟と書いて陶子」

陶子は器《うつわ》好きだった。

「陶子さん――。では、赤にします。あたしも赤ワインが好きなので」

「そうしよう。ふたりの好みは似ているらしい」

一絵は冷蔵庫に寝かせて置いてある赤ワインのフルボトルを取り出し、ワイングラスと一緒に持ってくる。イタリア産のワインで、値段は安いがうまい。瓶がカラフルな赤い蠟《ろう》で封印されている。ワックスキャップのワインは、蠟だけを削ったり溶かしたりしない。

オープナーで、蠟と一緒にコルクを引き抜く。最初にコークスクリューの先を横に倒し、瓶口の真ん中になるよう位置を決めてからねじ込むのがコツだ。

一絵は慎重にオープナーを扱った。不器用なので、ワインを抜栓《ばっせん》する時にはいつも緊張する。間違っても蠟のかけらを瓶の中に落としてはいけない。コルクを抜きながら自分に言い聞かせる。「無理は禁物だ」と。螺旋《らせん》とコルクを絡み合わせると、注意深く引き上げる。小気味いい音がして、コルクが抜けた。ほっとしながらも、瓶口に残った蠟の破片を掃除するのを忘れない。もちろん、ここでもかけらを中に落とさないよう注意を怠らない。ワインの栓を抜くという行為によって、一絵は心を落ち着かせることができた。

明日香の前のグラスにワインをそそぐ。ステムのあるワイングラスではなく、和食なので青磁《せいじ》のフリーカップだ。磁器の中のワインは深くて暗い赤色。ふたりでグラスを軽く掲げた。

グラスに口をつけた明日香が、

「イケます」

と唸る。

一絵もひと口飲む。渋みとコクのバランスがいい。気に入りのワインだ。ワインをもうひと口飲もうとして、はたと気づく。

「望月さん、私に聞かせたいという〝思いついたこと〟とは？」

「あ、そうでした！」

彼女がワイングラスを置いた。

「相馬さんご夫婦と三上さん一家を、上下入れ替えてはということなんです」

「つまり相馬さんを二階に、三上さんを一階に引っ越しさせるということだね」

「あれ、一絵さんもその考えに行き着きましたか？」

「今日きみは、〝もしも相馬さんご夫婦が二階に、三上さんご一家が一階に住んでいたら……〟と言っていたね」

明日香が頷く。

「さっき、そこまでは考えついたんです。でも、いざ実行するとなると、はたして両家が賛同してくれるかどうか。特に、高齢の相馬さんご夫婦が階段の上り下りをすることになるのを納得してくれるだろうか……そう考えたら、提案していいものか迷ってしまいました。でも一日考えてみて、やっぱり両家に提案してみたいという結論に達したんです。いつまでも、ミスマッチだと足踏みしているのではなく」

「よし、明日さっそく話をしてみよう」

一絵はお互いのグラスにワインをつぐと改めて乾杯した。

やがて〆のうどんまで食べ終えると、明日香は帰っていった。去り際に彼女は、リビングのテレビ台にあるフォトスタンドに目を向けた。

「きれいな方。陶子さんですよね」

大正期に建てられたという木造駅舎の前で、夫婦で並んで撮った写真だった。

「陶子さんにお会いしたかったです」

再びそう言う。明日香はなにかに気づいたかもしれないし、そうではなかったかもしれない。

洗い物を片付け終えると、一絵はスコッチの水割りをつくって窓辺に立った。ピーの飛び去ったベランダの向こうには、住宅街の静かな夜が広がっている。

陶子と一絵は高校の同級生だった。早くに両親を亡くした一絵は、陶子と家庭を持ちたいと考えた。高校生の考えとしては性急でおかしな考えかもしれない。けれど、一絵は真剣だった。陶子は、そんな一絵に同調してくれた。ふたりは同志になったのだ。

ふたりで生きるため、一絵は警察学校に入り、陶子は短大の栄養科で学んだ。一絵は警察官になり、陶子は給食会社の栄養士になった。やがてふたりは結婚し、二十五歳の時に達也が生まれた。子育てが一段落すると、陶子は新宿にある料理教室で教えるようになった。一絵が交番勤務から私服の捜査員になると、俄然忙しくなった。あれほど望んで得た家庭を顧みず、仕事に没頭するようになっていた。

一昨年、陶子にせがまれ、やっと休みを取って群馬の山間《やまあい》の温泉に出掛けた。今さら親と一緒なんて……という達也に留守を任せ、久しぶりに夫婦ふたりでの旅だった。宿の人がローカル線の駅まで車で迎えにきてくれ、「撮りましょう」と乗せられて、駅舎の苔《こけ》むした軒下に並んだ。それが明日香が手にしたフォトスタンドの写真だ。陶子も女性にしては上背がある。明日香と同じくショートヘアで、一絵の横で屈託《くったく》なく笑っている。一絵のほうは残してきた仕事が気になって晴れきらない顔でいる。あの日、食後に宿の庭で夕涼みしていると、冷たく強い光を放つ蛍火《ほたるび》がひとつ現れた。近づいては離れる蛍を、陶子は愛《いと》おしむようにいつまでも眺めていた。蛍が目の前から飛び去るまで。それがふたりで出掛けた最後の旅になった。

一年前に陶子に病気が見つかった。末期の胆管《たんかん》細胞がんだった。一絵は気づいてやれなかったことをひどく悔いた。せめてものつぐないに、陶子に残された日々をそばにいることにした。それが、警察官を辞めた理由だった。

一絵は六畳の和室に、電動ベッドを入れた。少しでも陶子が楽な姿勢をとれるようにだ。自分はベッドの隣に、それまでと同じく布団を敷いて寝ることにした。

陶子はよくベッドの背を起こし、窓の遥か彼方に林立する都心の高層ビル群を眺めていた。そこに、彼女の職場もあったから。窓外の風景を横切るように、つがいのマガモが白《しら》子川《こがわ》を目指し飛んでいくのを目にすると、「この秋も、またピーちゃんは来るのかな」と呟いた。

身体が動くうち、陶子は一絵に料理を教えたがった。きっと、ひとりになった時に困らないようにしておきたかったのだろう。魚の三枚おろしまで叩き込まれた。入退院を繰り返すようになると、レシピを口伝えするようになった。それを一絵はノートに書き写した。書き写すだけでなく、時には実践した。味見してもらうと、陶子は喜んでくれた。彼女自身は、あまり食べることはできなくなっていたが……。半年前に亡くなるまで、そんなふうに過ごしていた。

陶子の最期を病院で看取った。東の空に夏のオリオンが昇るまで、彼女の静かな横顔を見つめていた。

彼女の死から三ヵ月後、世田谷北署の署長がそろそろ働いたらどうだと勧めてくれたのが、彼の先輩である剣崎が経営する近隣トラブルシューターだった。

一絵は陶子が死んだことは理解している。けれど、ほかの誰に見えなくても、自分には彼女が見える。自宅で食事をする時には——ほんのたまに牛丼を食べに行ったり、市場に買い物に行く時にも——陶子と一緒だ。毎晩、自分で料理をし、ふたりで会話しながら食べた。

「リョウちゃんも、いいかげんにひとりで生きないとね」

一絵の隣に立つ陶子の姿が窓に映る。

「ひと口飲むか？」

一絵はウイスキーのグラスを彼女に差し出した。

4

「わたしたちが二階に引っ越すわけですか……」

順子が気乗りしない感じに言う。そして、与志夫と顔を見交わしていた。

「もちろん、ご納得いただけたらの話です」

と明日香が真摯に訴えた。

「まずはおふたりのご理解を得てからと考え、三上さんご一家にはこの件をまだお伝えしていません」

「確かに夫とは、〝出ていくしかないか〟と話してはいたんです。でも、この上に越すとなると……」

「階段が大変ですよね？」

「それは、まあ、そうなんですけど。でもね……」

とそこで与志夫と顔を見合わせる。

「ねえ」

と思案顔の順子に対して、与志夫はいつものように無言でほほ笑んでいる。

今度は順子が、明日香と一絵を交互に見る。

「考えようによっては、引っ越し先を探す手間が省けることにはなるんですけど」

そう言う順子に食い下がるように、

「どうかご検討いただけないでしょうか？」

明日香がさらに訴えかける。

その時、ドアホンが鳴った。

明日香は、もうひと息のところだったのにと無念そうな表情になる。しかし、順子が応対した相手の男性が、「三上です」と名乗るとはっとなる。

順子がドアを開けると、智人が立っていた。足元に、幼い兄妹もいる。智人は、深々と頭を下げた。

「大変ご迷惑をおかけしましたが、私たちは引っ越すことに決めました。これはお詫びの印です。どうか改めてご笑納ください」

智人がたくさんの柿が入ったポリ袋を渡そうとして、順子が拒む。すると、隣にいる与志夫の手に押しつけるように持ち手を握らせ、その場をあとにした。

与志夫が柿の袋を持って急いで外に出た。部屋のすぐ前にある階段を親子は二階に向かっていた。それを追おうと、慌てた与志夫が階段を踏み外した。

「あ痛《いた》たた……」

どうやら向こう脛《ずね》をしたたか打ったらしい。

廊下に出た明日香と一絵は、与志夫の声を初めて聞いた。

智人と一緒に兄妹が階段を下りて来る。そしてお兄ちゃんのほうが、与志夫の右の脛を擦《さす》りながら、「いたい？ いたい？」と訊いている。妹のほうも、「いたい？ いたい？」と言いながら撫でる。ふと見ると、冬でも半ズボン姿でいる男の子の膝には、ばんそうこうが貼られていた。きっと転んで擦りむいたのだろう。葵の言うとおり、〝活発〟な男の子なのだ。どうやら、与志夫もそれに気づいたらしい。しゃがんで柿の袋を脇に置くと、男の子の膝を撫で始めた。与志夫が泣き笑いの顔になる。

「ごめんな。ごめんな」

そっと繰り返していた。

「私が警察官を辞めた理由は、ごく私的なことです。そして、その理由を申し上げることはできません。非礼をお許しください」

事務所の外の廊下で一絵は、有山を真っすぐに見てそう詫びた。

「あんた、辞めた理由を言えないことを、俺に謝ろうっていうのか？」

「はい。ご心配をおかけし、申し訳ありません」

有山の表情が険しくなった。

胸ぐらを摑まれるかと用心する。いや、それも構わないと頭を下げようとした。

すると有山が、こちらよりも先に深々と頭《こうべ》を垂れた。

「すまない！」

「アリさん？」

「俺は……俺は……この会社は警察の仕事を立派に勤め上げた者がやってくる場所にしたかったんだ。途中で職務を投げ出すような者には来てほしくなかっ……」

有山が深くうつむいたままで言葉を途切らせた。

「……いや、そんなんじゃねえんだ。俺は元サツ官てことで、なにかと頼られてた。それが、あんたが入ってきて、影が薄くなるんじゃないかって心配になったんだ。俺なんか、この齢になっても自慢できるのは腕っぷしくらいなんだからな。それで、あんたの弱みを摑もうとした。みっともない男のヒガミだよ。とにかく優位に立とうとしてた俺に、あんたは詫びを入れてきた。だが、詫びなきゃならないのは俺のほうだ。許してくれ」

「ではアリさん、その腕っぷしを貸してはいただけないでしょうか？」

「え？」

有山が不思議そうに顔を上げる。

週末、引っ越しの手伝いに都営住宅にやって来た。有山も、明日香も、一絵も、胸に㈱近隣トラブルシューター」とネームの入った白い作業服を着こんでいる。ほかにも何人かの若い社員が助っ人に来ていた。

「子どもの足音に悩む夫婦を二階に、子どものいる家族を一階にそれぞれ移す――つまりは二階と一階で部屋を取り換えっこするってわけだ。望月の大胆な発想には恐れ入ったね」

有山がつくづく感心したように言う。

「相馬家も三上家も、自分たちが引っ越しするのも仕方がないと言っていたのがヒントになったんです」

と明日香が照れ笑いを浮かべる。

エレベーターがないので、荷物を抱えて階段を上り下りする。だが、みんなが笑顔だ。一絵は、段ボール箱を抱えた与志夫が階段を上がろうとしたところで、智人と行き会う。それをすぐ後ろから見ていた。

「荷物。僕が運びましょうか？」

と智人が言うと、「いや、大丈夫」と与志夫が断った。

数年して子どもたちが落ち着いたら、相馬夫婦は一階に、三上一家は二階に戻ろうと話がついていた。

「二階まで階段を上り下りするようになってしまって、申し訳ありません」

智人が謝ると、「いや、なに、運動だよ」と与志夫はいつものようにほほ笑んでいる。

「それに、若い頃から立ち仕事で足腰は鍛えられてるんだ」

階段の上方から順子の声がした。

「皆さん、引っ越し蕎麦の支度ができましたんで、どうぞ」

手伝いの者たちは、今や二階になった相馬家と一階になった三上家に別れ、昼食にありつくことにした。

「出前のお蕎麦ってどうしてこんなにおいしいんだろ」

猪口のつゆにちょいとつけた蕎麦を啜り込むと、明日香がにんまりする。

一絵は割箸でせいろのもりを手繰りながら、「一杯いきたくなっちゃうかい？」と笑いかける。

思えば、近隣トラブルシューターに初出勤した日も、明日香と蕎麦をすすった。明日香は薬味のネギを使わなかった。陶子と同様に。

「おしっ、帰りに一杯引っ掛けてくか」

そう言いだしたのは有山だった。

「いいですね」「行きましょう」あちこちから声が上がる。

「じゃあ、みんなで繰り出そう。会社にツケを回してな」

すると明日香が異議を唱える。

「そんなだから、事務所がなかなか移転できないんですよ」

しかし有山は動じなかった。

「おい望月、そう言うが、この引っ越しだって会社の持ち出しだろ？　俺たちだってボランティアで来てる」

「それは……」

「うちの会社は、今いるくらいのビルがぴったりなんだ。ご近所のために働くんだからな、偉くなっちゃあいけねえ」

畳の上で胡坐を組んでいた一絵は立ち上がると、順子のもとにせいろと蕎麦猪口を返しに行く。二階は一階と同じ間取りで、順子は玄関から上がったところに位置するビニールタイル張りのダイニングキッチンにいた。かつて三上家の住居だったこの部屋は、相馬夫婦の少し前に引っ越してきたらしく、小さな子どもがいるわりに壁に汚れや落書きなどはない。

一絵の姿を目にすると、順子がぽつりともらした。

「さっき、わたし、〝引っ越し蕎麦〟って言いましたけど、違ってますよね。〝おそばに参りました〟って、引っ越し先の隣近所にお近づきの印に配るのが引っ越し蕎麦。でも、まあ、いいわね。だって、もうすでにご近所付き合いをしてる人たちばかりなわけだから」

お茶を淹《い》れていた順子が、くるりと向き直る。

「本当にお世話になりました」

「アイデアを出したのは、望月ですよ」

二階のほうが少しだけ家賃が高いが、差額は三上家が出す。

「今度のことで、わたしたち考え直すことがあったんです」

いつの間にか彼女の隣に、与志夫がやって来ていた。

順子が静かに語り始める。

「この都営住宅に来る前、わたしたちはほかの区にある分譲マンションで暮らしていたんです。マンションの理事会で持ち回りの役員になった時、夫は理事長に選任されました。気が進まないながら引き受けた理事長ですが、根が真面目な夫は一生懸命に務めました。そんな中、マンション内のゴミ置き場に粗大ゴミの不法投棄《ふほうとうき》があったんです。これまででしたら、管理費を使って収集してもらうところですが、夫は投棄した人に向けて、持ち帰って正しい処分をするよう書いた文書をエレベーターや玄関ホールに掲示したんです。夫にしてみれば、警告文などというつもりは少しもありません。相手の人は、粗大ゴミだと判断がつかずにゴミ置き場に出したのだろうと考え、それを伝えるつもりだったのです。同時期にあった二件の内の一件は、すぐに投棄した人が持ち帰って、区の粗大ゴミに収集を依頼しました。ところが、もう一件はなかなか処理されません。粗大ゴミは、タオルウオーマーでした。そんな大きなものが、粗大ゴミと判断がつかずゴミ置き場に出されたとは、わたしには思えませんでした。明らかに意図的に投棄されたのです。そして、それは同業者によるものだと考えました」

「同業者とは？」

「夫とわたしは、夫婦で理容室をしていました」

なるほど、それが先ほど階段で与志夫が口にした〝立ち仕事〟か、と一絵は思う。順子が、この年代の人には珍しく与志夫を〝夫〟と呼ぶのにも合点《がてん》がいく。一緒に店を切り盛りしてきたふたりは、どちらが〝主人〟というわけでもないのだから。

「今でもお互いの髪は、自分たちでしてるんですよ」

一絵は、順子のきれいに染まったゆるくウエーブのかかった髪と、与志夫の七三に撫でつけた白髪を見やる。

「この人ったら無口なんで、不愛想に見えるからせめてお客さんには笑顔でいてって言ったら、こんなふうにずっと笑った顔になっちゃって」

一絵は吹き出しそうになるのを堪《こら》える。

順子が続けた。

「理容室では、たくさんの蒸しタオルを使います。同じタオルウォーマーが、わたしたちの店にもありました。わたしたちが住むマンションは三百世帯ほどの規模でしたが、同業者が住んでいるのを知っていました。うちよりも大きな、従業員も使っているサロンです。粗大ゴミは持ち帰られないまま、粗大ゴミ置き場に放置されました。すると今度は、ひとつの大きなポリ袋にアルミ缶やペットボトル、業務用シェービングジェルのボトルが洗浄されないまま混在し、頻繁に捨てられているのが発覚したのです。事業ゴミであることは明らかでした。夫は、理事長として注意文を掲示しました。粗大ゴミの文と並べて。すると、嫌がらせが始まりました。ある日、駐輪場に行くと自転車のタイヤがパンクしていました。家のドアホンが鳴ったのに、外には誰もいません。店にも家にも無言電話が頻繁にかかってきます。店の前に、例のポリ袋のゴミが置かれるようになりました。向こうは、商売敵《しょうばいがたき》が嫌がらせをしたと考えたのかもしれません。最初こちらを応援してくれていた理事会の役員たちも、逆恨みされたくないのか離れていきました」

一絵は口を開きかけたが、「警察に相談しようとも思いましたが、なにか事件が起こらないと動いてはくれませんよね」順子にそう言われ、口を閉ざす。

「夫もわたしももう齢です。店を閉め、マンションも売って、ここに引っ越してきました。もう人とかかわるのはこりごり、固くそう考えていたんです」

順子も一絵も黙っていた。

いつものようにひっそりと笑みを浮かべていた与志夫が、そこできっぱりと言う。

「しかしね、皆さんにお会いして私らの気持ちが変わりました。もう一遍、人の輪に加わってみないかって、ふたりで話したんですよ」

隣で順子が頷く。

「自治会に加えてくれないかって、岡林さんに話してみようと思うんです」

一絵もふたりに向け、頷き返した。

新宿御苑の上を浮き雲が流れていく。一絵はふと立ち止まり、師走の空を眺めた。

「おはようございます」

声のほうを向くと、リュックを背負った明日香だった。

「おはよう」

ふたり並んで事務所のあるビルを目指して歩きだす。

「先日はご馳走さまでした」

「……ああ、いや」

「あの豚しゃぶは、一絵さんが支度されたんですよね、陶子さんではなく」

そう言われて、どきりとする。

「野菜の切り方や盛りつけが、丁寧なんだけど無骨なところがあって。あ、怒らないでくださいね」

一絵は黙っていた。

「陶子さんのために支度されたんですよね？　帰ってから食事ができるように。それなのに、ごめんなさい」

一絵は無言のまま首を振る。

「陶子さんと一絵さんの間には、強い相互信頼があるんだと思います」

「相互信頼？」

「すみません、言葉が硬くて。でも、お伝えする言葉を選ぶとしたら、そうなります。たとえば、分譲マンションの区分所有者間に最も大切なのは相互信頼で結ばれていることです。世帯構成も、所得や資産も、価値観も異なる他人同士が同じマンションに暮らそうとした時、相互信頼が崩れれば維持管理運営が行き詰まりスラム化してしまいます。相馬さんご夫婦が人の輪に加わってみようと決めたのは、相互信頼の可能性にもう一度賭けてみようと考えたのだと思います」

そこで彼女がほんのりと頬を紅潮させる。

「なんだか、あたしも誰かと相互に信頼する関係を築いてみたくなりました。たとえ手探りでも……恋愛って、そういうものなんですよね」

「望月さん……」

しかし一絵には、かけるべき気の利いた言葉が見つからない。

明日香と一絵は古い雑居ビルの階段を上り始めた。

「ご自宅で見た一絵さんのやわらかい表情がとてもよかった。隅々にまで陶子さんの気配が感じられる空気に包まれて、いつもと違う表情を見せている一絵さんが。あたしも、あんなプライベートな空間が欲しいかなって」

「望月さん、実は――」

そう切り出そうとした時だ。

「おう、社長がふたりをお待ちかねだぞ」

廊下の向こうで声がした。

「あら、アリさん」

事務所の出入り口に有山が立っていた。

――いつか明日香に、新しくできた仲間たちに話す時が来るだろう、と一絵は思う。そう遠くない日に。

有山と朝の挨拶を交わし事務所に入る。その途端、剣崎から声がかかった。

「やあ名コンビ、ちょっと来てくれ。きみたちに担当してもらいたい案件がある」

「はい」

ふたりで声を揃える。

一絵は、急ぎ足になった。

あとがき

牛乳と豆乳のハーフ&ハーフを飲みながら朝のワイドショーを眺めていたら、元警察官が相談員となり騒音などの近隣トラブルを解決する会社が紹介されていました。それが、この小説を書いたきっかけです。

第五章の銭湯の場面は、幸田文さんの随筆「冬の小ばなし」(講談社文芸文庫『番茶菓子』所収)で、男湯から流れてきた口笛に、「ふるさとの岸を離れて」と歌い継いで女湯の湯舟を出た人のことが描かれていたのをヒントにしました。

やはり第五章のスコットランド民謡『故郷の空』の逸話は、僕が開講しているよみうりカルチャー恵比寿教室の創作文章講座で、受講者の方から聞いたお話を参考にしています。

執筆にあたり、株式会社ヴァンガードスミスの皆さんのお力を拝借しました。深く感謝しています。作中で事実と異なる部分があるのは、意図したものも意図していなかったものも、すべて作者の責任です。

主要参考文献

円山雅也監修『ご近所トラブル解決！大事典 絶対勝つ！ための法的手段100』ぶんか社
串田誠一著『マンガ版・ご近所づきあいトラブル解決マニュアル』明日香出版社
佐藤友之著、志賀剛監修『自力解決!! ご近所トラブル対応術』講談社+α文庫
高橋裕次郎監修『改訂新版すぐに役立つ近隣トラブル解決の法律 しくみと手続き』三修社
梅原ゆかり、尾込平一郎監修『すぐに役立つ 図解とQ&Aでスッキリ！ 近隣トラブルの法律と実践的解決法ケース別82』三修社
内田剛弘、森谷和馬、阿部裕行、渡辺博、古田典子著『近隣法律カウンセリング』有斐閣
橋本典久著『2階で子どもを走らせるなっ！ 近隣トラブルは「感情公害」』光文社新書
奥平亜美衣著『悩みがあっても思い通りに生きられる「引き寄せ」の魔法』主婦と生活社
『ひとり暮らしNAVIシリーズ ひとり暮らしのトラブル安心BOOK』主婦と生活社
井久保要著『護身術・護衛術・逮捕術』文芸社

武田惇志、伊藤亜衣著『ある行旅死亡人の物語』毎日新聞出版
「言の葉巡り「7割弱」は70％以上…？」二〇二三年十一月二十四日付読売新聞
幸田文著「冬の小ばなし」講談社文芸文庫『番茶菓子』所収
「これから大変！マンション管理＆空き家」週刊エコノミスト二〇二四年七月十六・二十三日合併号

この作品は光文社文庫のために書下ろされました。

光文社文庫

文庫書下ろし

ご近所《きんじょ》トラブルシューター

著者　上《うえ》野《の》　歩《あゆむ》

2024年10月20日　初版1刷発行

発行者　三宅貴久
印刷　新藤慶昌堂
製本　ナショナル製本

発行所　株式会社　光文社
〒112-8011　東京都文京区音羽1-16-6
電話（03）5395-8147　編集部
8116　書籍販売部
8125　制作部

落丁本・乱丁本は制作部にご連絡くだされば、お取替えいたします。
ISBN978-4-334-10462-7　Printed in Japan

JASRAC　出 2406818-401
組版　萩原印刷